Die chinesische Mauer

Hanno Berg alias Wolfgang Wiekert wurde 1961 in Lüdenscheid geboren und wuchs dort auf. Studium von Jura und ev. Theologie in Bochum, Gießen und Marburg. Veröffentlichung von Büchern, E-Books und Beteiligungen an diversen Anthologien. Zusätzlich Veröffentlichungen in Literaturzeitschriften, Magazinen und im Internet. Seit November 2008 Mitarbeit beim Online-Magazin *Geisterspiegel*. Beschäftigung als freier Journalist und als Künstler. Die Veröffentlichung der vorliegenden Sammlung seiner Lieblingsgeschichten lag ihm am Herzen. Berg ist verheiratet und hat zwei erwachsene Söhne

Die chinesische Mauer
18 Geschichten aus der Phantastik
Hanno Berg

Bibliografische Information der Deutschen Nationalbibliothek: Die Deutsche Nationalbibliothek verzeichnet diese Publikation in der Deutschen Nationalbibliografie; detaillierte bibliografische Daten sind im Internet über dnb.dnb.de abrufbar.

Verlag: BoD · Books on Demand GmbH, Überseering 33, 22297 Hamburg, bod@bod.de
Druck: Libri Plureos GmbH, Friedensallee 273, 22763 Hamburg

ISBN: 978-3-8192-4588-6

Für Annette, Cedric und Tobias

Inhalt:

Die Klavierspielerin

I

Vor einigen Jahren, gar nicht so fern von unserer Zeit, lebte auf dem Planeten der Harmonien in einer fernen Galaxis das Volk der Miren. Sie sahen so aus wie wir Menschen und ihre Technik und ihre Erfindungen waren so weit fortgeschritten, wie es unsere Technik und unsere Erfindungen in der heutigen Zeit ebenfalls sind.

Eines aber unterschied die Miren von uns. Auf ihrem Planeten war nämlich die Musik der Kitt, der ihre Gesellschaft zusammenhielt. Ihr gemeinsames Leben war geprägt von Harmonie untereinander, von Nächstenliebe, die sie gegen jedermann übten, von Liebe und Freude, Eigenschaften, die ihnen ihre wunderbare Musik mit ihren Klängen, Stimmungen und Melodien gab.

Große Musiker hatten über die Jahrhunderte Musik geschrieben, die dies alles bewirkte, und auch heute noch schrieben die Künstler große Werke, kleine Werke und Lieder, die das Lebenselixier der Miren waren. Ihr ganzes Leben auf dem Planeten wurde von ihrer Musik beschwingt und jeder von ihnen lebte gern und liebte sich und seine Mitmiren.

Dann aber geschah etwas, was dieses harmonische Miteinander ganz erheblich störte und das Leben auf dem Planeten der Harmonien mit einem Mal veränderte. Aus den kosmischen Nebeln einer fernen Milchstraße landete ein schwarz gestrichenes Raumschiff in der Welt der Miren, dessen Mannschaft es nicht gut mit ihnen meinte. Der Kommandant dieses

9

Raumschiffes war nämlich ein Schwarzmagier vom Stamm der Leoten, der sich die Miren untertan machen und ihr harmonisches Leben zerstören wollte.

Als er mit seinen schwerbewaffneten Schergen in einer Wüste fernab jeder Zivilisation auf dem Planeten gelandet war, rief Altan, so hieß der Schwarzmagier, seine Leute vor dem Raumschiff zusammen um ihnen etwas mitzuteilen und sie alle mit einem Zauber zu versehen.

„Hört zu, Männer!", forderte Altan mit seiner barschen, unangenehmen Stimme. „Wir wollen nun das Volk der Miren, das diesen Planeten bewohnt, unterjochen und uns selbst als ihre Herrscher einsetzen, die im Gegensatz zu ihnen von den Früchten des Planeten gut leben werden. Wollt ihr mir dabei helfen?"

„Jaaa!!", riefen seine Männer im Chor und klatschten in die Hände.

„Dann hört, wie ich dies schaffen werde. Ich werde dazu einen Zauber aussprechen, gegen welchen die Miren nichts ausrichten können."

Wieder stimmten seine Männer zu und klatschten laut.

„Ihr werde nun alle von mir mit einem Lied ausgestattet, das ihr über die Rundfunkanstalten, das Fernsehen, die Handynetze und das Computernetz dieses Planeten unter seiner Bevölkerung verbreiten werdet. Jeder soll es hören, und es wird bewirken, dass wir die Herrschaft über sie und ihre Welt bekommen."

„Es lebe Altan!", riefen seine Männer und klatschten noch lauter als zuvor.

Der Zauberer aber hob seine Hände zum Zeichen der Ruhe und alles schwieg. Dann sprach er einen Zauberspruch über seine Leute, die sofort danach das

Lied in ihrem Kopf spürten, mit dem sie die Herrschaft über die Miren bekommen würden. Dann bedeutete ihnen Altan, ihre Waffen zu nehmen, mit denen sie die Miren ausschalten sollten, die sich ihnen in den Weg stellten. Schließlich machten sich die Leoten auf den Weg. ...

II

Die schwerbewaffneten Schergen des Magiers besetzten die Rundfunkanstalten und das Fernsehen der Miren und loggten sich in ihre Computer und Handys ein. Wer sich ihnen in den Weg stellte, floh entweder freiwillig vor ihren Waffen oder wurde von ihnen gezwungen, zu weichen. Als die Leoten endlich alle Massenmedien des Planeten besetzt hatten, verbreiteten sie nahezu gleichzeitig darüber das Lied, das ihnen ihr Anführer gegeben hatte, und alle Miren hörten es.

Da aber verloren die Miren im Nu ihre Musik, all ihre Lieder, jede Melodie und jeden Ton, also all das, was ihr Leben zusammenhielt und lebenswert machte. Schließlich kannte außer den Besatzern von dem fernen Planeten niemand mehr auch nur einen Ton. Zudem zerfielen alle Musikinstrumente der Miren im selben Augenblickblick zu Staub und Zorn und Gewalt hielten Einzug in ihre Welt, die einst von Liebe und Freundschaft geprägt war.

Künftig herrschte Mord und Totschlag unter der Bevölkerung, Hass und Krieg ergriffen von ihnen Besitz und der Schwarzmagier Altan und seine bewaffneten Gefolgsleute übernahmen die Herrschaft auf dem Planeten, der einst ein Planet der Harmonie gewesen war, nun aber von Unruhe, Gewalt und Grausamkeit überzogen wurde.

11

Zu allem Überfluss hexte der Altan auch noch einen Virus auf die Computer und Mobiltelefone der Bevölkerung, durch welchen er und seine Schergen die Miren überwachen konnten, denn dieser Virus bewirkte, dass alle ihre Gedanken, die sie hatten, wenn sich ein Handy oder ein Computer in der Nähe befand, von Altan und den Leoten gehört werden konnten.

Aber nicht alle Miren waren fortan dem bösen Magier untertan. Einige junge Leute setzten sich über seinen Willen hinweg, versuchten, gegen ihn zu kämpfen und übten Freundschaft und Liebe untereinander. Sie wohnten fortan in den Wäldern bei der Hauptstadt und benutzten keine Computer oder Handys, die von Altans Virus befallen waren, denn ihr bester Techniker konnte dies verhindern. Zwar hatten auch sie ihre Musik verloren, aber sie hofften, sie irgendwann wiederzuerlangen, denn sie konnten sich vage an die Zeit erinnern, als sie unter ihnen war. Ihr Ziel war es, den Schwarzmagier zu stürzen und alle Leoten von ihrem Planeten zu verjagen, doch niemand von ihnen wusste, wie man dies bewerkstelligen konnte.

So verging die Zeit, und Altan und seine Leute herrschten und lebten in Saus und Braus, während das Volk der Miren für sie arbeiten musste und im Unglück dahinvegetierte. …

III

Zu jener Zeit wohnte in einem kleinen Dorf am Fuß der Schneeberge eine Frau namens Sira. Sie war in ihren jungen Jahren ein Wunderkind gewesen, hatte eine ausgesprochen schöne Stimme gehabt, mit welcher sie die Leute verzaubern konnte und spielte zur allem Überfluss so gut Klavier, dass es ihr niemand auf dem sonst sehr musikbegeisterten Planeten gleichtat.

Lange bevor Altan und seine Gefolgsleute die Musik der Miren vernichteten und die Herrschaft auf ihrem Planeten übernahmen, bekam Sira eine furchtbare Krankheit, die sie am Ende taub werden ließ, sodass sie ihre Kunst nicht mehr ausüben konnte und deshalb todtraurig wurde. Da sie es künftig nicht mehr ertragen konnte, in einer großen Stadt unter vielen Miren zu sein – sie hatte vorher in der Hauptstadt gelebt – zog sie in das kleine Dorf am Fuß der Schneeberge und lebte dort völlig abgeschieden, dass selbst die Dorfbewohner sie kaum zu Gesicht bekamen. Sie verließ kaum noch ihr Haus, pflanzte in ihrem Garten an, was sie zum Leben brauchte, trank Wasser aus ihrem eigenen Brunnen und mied ihre Mitbürger, wo sie nur konnte.

Aber sie barg einen Schatz in ihrer Seele, der in den nun herrschenden Zeiten von größter Bedeutung war. Da sie taub geworden war, bevor Altans Gefolgsleute das Zauberlied in der ganzen Mirenwelt verbreiteten und diesen die Musik nahmen, hatte sie all ihre Musik in ihrem Herzen behalten. Sie kannte Lieder, Melodien, ja ganz viele große Werke der Komponisten des Planeten, und der böse Magier konnte sie ihr nicht nehmen.

Eines Tages erfuhren die Rebellen, die bei der Hauptstadt im Wald lebten, davon, dass Sira das Lied der Leoten nicht gehört haben konnte und deshalb all ihre Musik noch besaß. Sie schmiedeten deshalb einen Plan. Sie wollten zwei junge Leute aus ihrer Mitte zu Sira schicken und sie bitten, ihnen mit der Musik zu helfen, die sie noch in ihrer Seele hatte. Ihnen

13

schwebte die vage Hoffnung im Kopf herum, dass Sira ihrem Volk die Musik zurückgeben könnte. Auf diese Weise wollten sie Altan und seine Leute besiegen und vertreiben und den Miren die Grundlage ihres ehemaligen liebevollen und freundlichen Zusammenlebens wiedergeben.

Also überlegten sie nicht lange und wählten zwei Leute aus ihrer Mitte, den jungen Mann Oktar und die junge Frau Ba, aus und beauftragten sie mit der Mission, Sira aufzusuchen und sie um Hilfe zu bitten. Oktar und Ba nahmen Vorräte und etwas Geld mit und machten sich sofort auf den Weg. Sie mussten Sira finden, die in einem kleinen Dorf am Ende des Planeten lebte, denn nur sie war in der Lage, Altan zu besiegen. …

IV

„Oktar, schau, das dort am Horizont müssen die Schneeberge sein, an deren Fuße Sira lebt", sagte Ba zu ihrem Begleiter und deutete in die Ferne.

Oktar nickte und fasste Ba bei der Schulter.

„Lass uns noch einmal Rast machen und etwas essen und trinken, bevor wir Sira in ihrem Dorf suchen, ich bin hungrig und durstig und brauche dringend eine Pause."

„Ich könnte ebenfalls einen Bissen Brot und einen Schluck Wasser vertragen", sagte Ba und ließ sich neben einigen jungen Bäumen im Moos nieder.

Die beiden nahmen ihr letztes Stückchen Brot zu sich und leerten ihre Wasserflaschen, bevor sie wieder aufstanden und ihren Weg fortsetzten. Sie hofften, in dem kleinen Dorf am Fuß der Schneeberge nicht nur ihre Vorräte erneuern zu können, sondern auch einen Weg zu finden, das Elend ihres Volkes zu beenden. –

Die beiden wanderten vorbei an bewirtschafteten Wäldern und Feldern, deren Erträge von Altan und seinen Schergen so hoch besteuert wurden, dass den Bauern selbst kaum noch etwas zum Leben blieb. Nach einigen Stunden hatten sie das Dorf erreicht, in welchem Sira lebte. Sie erkundigten sich bei zwei älteren Leuten, die sich am Marktplatz aufhielten und erfuhren von ihnen, wo die Gesuchte wohnte.

Als sie bei ihrem Haus ankamen, jätete sie gerade in ihrem Garten das Unkraut zwischen den Salatköpfen. Sie schaute auf, als der Schatten der beiden jungen Leute auf ihre Hände fiel und fragte sich, was sie von ihr wollten, denn es war offensichtlich, dass sie zu ihr kamen.

Die Rebellen hatten Ba und Oktar mit Bedacht ausgewählt, Sira aufzusuchen, denn sie beherrschten beide die Gebärdensprache und konnten sich ihr auf diese Weise verständlichen machen. So fragte Oktar mit Hilfe der entsprechenden Gebärden: „Bist du Sira, die große Musikerin, die sich hier, am Fuß der Schneeberge, vor den Miren versteckt?"

Sira antwortete, ebenfalls in der Gebärdensprache: „Ich bin es. Was wollt ihr von mir?"

„Wir kommen zu dir, weil der böse Zauberer Altan vom Stamm der Leoten die Musik der Miren getötet und ihnen damit die Grundlage eines friedlichen und liebevollen Miteinanders geraubt hat", sagte nun Ba, ebenfalls mittels der Gebärden. „Altan und seine Leute haben nun die Herrschaft auf unserem Planeten übernommen, unterdrücken unser Volk und leben selber in Saus und Braus, wie du sicher weißt. Unter

15

den Miren aber herrscht Hass, Gewalt, Mord und Totschlag, und ihr Leben ist deshalb kaum zu ertragen. Einige Rebellen, die nun in den Wäldern bei der Hauptstadt leben und zu denen wir beiden gehören, wollen das ändern, und wir sind zu dir gereist, weil du deine Musik nicht – wie alle anderen – verloren hast und deshalb vielleicht einen Weg weißt, wie Altan zu besiegen ist. Kannst du uns vielleicht helfen?"

Sira überlegte einen Moment. Dann gab sie zu verstehen: „Ich habe all meine Musik noch in meinem Kopf. Ich könnte euch die Noten eines Liedes aufschreiben, welches ihr dann über die Medien des Planeten, die Netze von Computern und Mobiltelefonen, den Rundfunk und das Fernsehen den Leuten zu Gehör bringen müsst. Ich glaube, dass man Altan und seine Schergen auf dieselbe Weise bezwingen kann, auf die er euch und den anderen Miren die Musik gestohlen hat. Habt ihr denn Techniker in euren Reihen, die für eine Verbreitung eines solchen Liedes unter den Miren sorgen können, ohne dass die Leoten es verhindern?"

„Wir haben einen begnadeten Techniker namens Spax unter uns", sagte Ba. „Er könnte so etwas durchaus bewerkstelligen."

„Dann lasst uns einige Meter in Richtung Wald gehen und Notenpapier und einen Stift mitnehmen, dass ich euch ein Lied aufschreiben kann", bat Sira. „Wenn ich dies im Haus täte, bekäme Altan davon Wind, denn dort steht ein Computer, mit welchem er meine Gedanken lesen kann, denn er ist – wie alle anderen Computer – von Altans Virus befallen."

Sie holte einige Blätter Notenpapier und einen Stift aus dem Haus, während Ba und Oktar draußen warteten. Als sie wiederkam, machten sie sich gemeinsam auf dem Weg zum nahen Wäldchen. …

V

Im Wäldchen angekommen suchten die drei sich eine Lichtung, auf welcher man gut sehen konnte und setzten sich ins Gras. Sira zog ihre Notenblätter und den Stift hervor und begann, auf ihren Oberschenkeln die Melodie eines Liedes aufzuschreiben, während die anderen beiden gespannt zuschauten.

Tief in dieses Tun versunken, nahmen sie das leichte Surren einem Himmel über ihnen nur am Rande wahr und bemerkten nicht, was sich dort tat. Es handelte sich nicht, wie Ba und Oktar dachten, um einen Vogel oder einen Schwarm von Insekten, sondern um eine ferngesteuerte Drohne mit Filmkamera, die alles an eine ferne Stelle schickte, was sie bei ihnen aufnahm.

Endlich hatte Sira ihr Lied komplett aufgeschrieben, als Oktar den Blick von ihren Oberschenkeln abwendete und stattdessen in den Himmel schaute. Da aber stieß er einen Warnschrei aus und bedeutete auch Sira mit einigen Gesten, dass sich dort oben etwas Gefährliches befand. Die drei Gefährten gerieten in Panik, denn bei den Lenkern der Drohne konnte es sich nur um die Leute von Altan handeln, die nun natürlich wussten, was sie in dem Wäldchen getan hatten.

„Lasst uns sofort verschwinden!", rief Ba und forderte mit verschiedenen Gesten auch Sira dazu auf, die Lichtung mit ihnen auf dem kürzesten Weg zu verlassen und gemeinsamen unterzutauchen.

Die drei rannten eilig davon, und die Drohne, die sich zunächst noch in ihrer Nähe befand, bekam Mühe, ihnen zu folgen, weil sie immer tiefer in den Wald hineinliefen und die Bäume um sie herum und deren Kronen über ihren Köpfen immer dichter wurden.

Einige Zeit später hatten sie dann ihren Verfolger abgeschüttelt und gingen nun langsamer, während sie überlegten, dass Sira auf keinen Fall nach Hause zurückkehren konnte. Auch in die Wälder bei der Hauptstadt, wo ihre Leute auf sie warteten, konnten sie nicht einfach zurückwandern, denn sie mussten damit rechnen, dass Altan und seine Gefolgsleute alles daransetzen würden, sie einzufangen.

Da aber klingelte Oktars Mobiltelefon, das er bei sich trug, seit er die Wälder bei der Hauptstadt verlassen hatte. Dieses Telefon hatte der Techniker Spax kreiert, und es war so eingestellt, dass es den Virus nicht in sich trug, den Altan in den Netzen der Miren verteilt hatte, sodass er und seine Leute nicht die Gedanken lesen konnten, die sein Besitzer hatte, wenn er telefonierte.

„Ja!", sagte Oktar und freute sich, Spax selber am anderen Ende zu hören.

Dann erzählte er dem Techniker, was Ba und er erreicht hatten und dass Altan nun davon wusste, weil sie seine Drohne zu spät erkannt hätten.

Spax überlegte nicht lange und eilte Oktar mit, was sie unternehmen konnten.

„Wenn ich nun an meinem Handy auf die Speichertaste drücke, so kann ich eure Körper entmaterialisieren und euch unter deiner Nummer in meinem Speicher als digitale Dateien abspeichern. Wähle ich schließlich deine Nummer erneut, so werdet ihr wieder materialisiert und steht als Miren vor mir. Ihr müsst euch dazu nur an den Händen fassen, denn dann kann ich euch gemeinsam unter einer Nummer abspeichern. Seid ihr bereit?"

Oktar, Ba und Sira fassten sich bei den Händen, Oktar gab sein „Okay!" und plötzlich waren alle drei im Speicher vom Handy des Technikers verschwunden. Nur wenige Sekunden später wurden sie von ihm wieder materialisiert und standen im Wald bei der Hauptstadt in der Mitte der Rebellenversammlung. ...

VI

„Wir müssen diese widerlichen Kreaturen aufhalten!" Altan war außer sich, dass seine Leute Sira, Ba und Oktar nicht gefangengenommen hatten. „Wisst ihr denn wenigstens, wo sie jetzt sein könnten?"

Ein Anführer seiner Truppe entgegnete, dass sich die Gesuchten aller Wahrscheinlichkeit nach jetzt in den Wäldern bei der Hauptstadt unter den Rebellen aufhielten.

„Dann durchsucht diesem Landstrich, tötet alles, was euch dabei in die Quere kommt und bringt mir die Frau mit den Noten!", schrie Altan. „Dieses Weib hat offensichtlich noch all seine Lieder und kann uns damit gefährlich werden. Also strengt euch an und bringt sie zu mir, bevor ...! Ach, das will ich mir gar nicht vorstellen."

Seine Leute nahmen ihre Waffen und zogen in die Wälder vor der Hauptstadt, um die Rebellen zu besiegen und Sira zu fangen. –

Unterdessen hatten die Rebellen Sira willkommen geheißen und sich bei Ba und Oktar erkundigt, was zu tun sei, damit man Altan und seine Untergebenen besiegen konnte.

„Sira hat aus ihrem Gedächtnis die Noten eines Liedes aufgeschrieben, da sie wegen ihrer Taubheit nicht ihre gesamte Musik verlor, wie wir anderen", antwortete Ba. „Wir müssen dieses Lied nun in alle Netze, den Rundfunk und das Fernsehen unseres Planeten einspeisen, damit es alle Miren hören. Auf diese Weise – so hofft es Sira – werden wir siegen und dann Altan und sein Gefolge fortjagen."

„Aber wie können wir das Lied den Miren zu Gehör bringen?", fragte einer der Anführer. „Rundfunk, Fernsehen und Netze werden von schwerbewaffneten Leuten Altans bewacht."

„Das lasst nur meine Sorge sein", sagte Spax, der begnadete Techniker. „Mein Handy habe ich und nicht die Besatzer und mit diesem werde ich das Lied aufnehmen und überall verbreiten. Es müsste mir nur ein guter Sänger vortragen."

„Das kann ich sofort tun", sagte Ba und bedeutete Sira, ihr die Noten zu geben, nachdem sie in Gebärdensprache übersetzt hatte, was gerade gesprochen worden war.

Als sie dann die Noten und den Text des Liedes in ihren Händen hielt, gab sie Spax ein Zeichen, nun die Aufnahme zu starten und trug mit lauter, schöner Stimme das Lied der tauben Frau vor. Spax nahm es bis zum Ende auf und spielte es dann in die Medien des Planeten ein, sodass es alle Miren überall hören konnten.

Im selben Augenblick hatten alle ihre Musik wieder, Liebe, Freude und Miteinander hielten wieder Einzug in ihr Leben, die Macht der Leoten um Altan war gebrochen und das Böse war besiegt. Minuten später stürmte das Volk die Sendeanstalten, und die schwerbewaffneten Krieger Altans konnten die große Menge an Gegnern nicht aufhalten. So wandten sie sich zur Flucht und bestiegen ihr Raumschiff, um den Planeten der Harmonien zu verlassen. Einzig der schwarze Magier selbst erreichte das rettende Schiff nicht, denn er hatte die Rechnung ohne Spax und sein Mobiltelefon gemacht.

Der Techniker hatte nämlich seine Nummer herausbekommen und rief ihn unterwegs an. Als Altan aber das Gespräch entgegennahm, entmaterialisierte er ihn und speicherte ihn unter seiner Nummer ab. Diesmal aber wählte er nicht erneut diese Nummer, um Altan wieder zum Leben zu erwecken, sondern er löschte die Datei.

Im selben Moment hob das Raumschiff der Leoten ab, verließ eilig die Welt der Miren und kehrte niemals zurück. Auf dem Planeten der Harmonien war der Jubel groß, und man feierte drei Tage lang ein rauschendes Fest mit sehr viel Musik. Die Klavierspielerin Sira allerdings erlangte zu dieser Zeit ihr Hörvermögen wieder, wurde erneut zu einer der besten Pianistinnen, die der Planet je gehört hatte und komponierte fortan Lieder und Melodien, die sie für immer unsterblich machten.

Die Zaubertinte

I

Martin Korte war einundvierzig Jahre alt. Er war nach langer Krankheit vor einigen Jahren arbeitslos geworden und hatte sich seitdem erfolglos um eine neue Stelle bemüht. Immer wenn die Sprache auf seine Erkrankung gekommen war, hatten die potentiellen Arbeitgeber abgewinkt. Martin war unverheiratet und kinderlos. Nur sein älterer Bruder namens Viktor hatte sich um ihn gekümmert und ihm ab und zu mit größeren Summen unter die Arme gegriffen, denn Martin war arm, seit er keinen Job mehr hatte.

Aber vor nicht ganz zwei Monaten war dann Viktor durch einen Autounfall ums Leben gekommen, so dass Martin, dessen Eltern schon lange tot waren, nun niemanden mehr hatte. Er hatte zwar einige Tausend Euro von Viktor geerbt, doch es war absehbar, wann das Geld aufgebraucht sein würde, und dann musste er mit dem wenigen auskommen, was er vom Staat bekam.

Aber nicht allein dies war seine Sorge. Er hatte nämlich nicht nur keine Verwandten mehr, sondern auch keine Freunde. Diese hatten sich in der Zeit seines Elends von ihm losgesagt, da sie - wie es dem Zeitgeist entsprach – nur mit gutgelaunten Leuten in ihrer Freizeit Spaß haben wollten. Martin aber war ganz und gar nicht mehr fröhlich und an Spaß interessiert, sondern seit dem Verlust seiner Stelle überwiegend melancholisch gestimmt und konnte sich auch die teuren Freizeitvergnügungen seiner ehemaligen Freunde nicht mehr leisten.

So lebte er nun vereinsamt und in Bitterkeit am Rande der Gesellschaft, und ein Ende seiner Pechsträhne war nicht in Sicht...

II

Es war Mittwoch, der achte Mai, und es schlug gerade zehn Uhr vormittags, als Martin im Park bei der Johanneskirche auf einer Bank saß und missgelaunt den Tauben zusah, die sich um ein halbes Brötchen zankten, das ein Passant dort weggeworfen hatte.

Es gab für ihn wirklich keine Chance mehr, wieder einen Arbeitsplatz zu bekommen. Seine Qualifikationen als Ingenieur waren zwar gut, und er hatte, während er arbeitete, auch immer an Fortbildungen teilgenommen, aber nun war der Zug für ihn wohl abgefahren. Seit Jahren war er aus der Übung, und inzwischen auch zu alt. Die Firmen suchten junge und dynamische Leute, die gerade von der Uni kamen, aber sicher nicht solche Leute wie ihn.

Er warf einen Stein in Richtung der zankenden Tauben, so dass diese in die Höhe flogen. Dann richtete er seinen Blick zur Kirche hin, wo ein Wagen gerade laut hupte. Auf dem Weg, der sich vom Kirchenportal zum kleinen Park erstreckte, in dem er saß, stand ein Mann, der ihm den Rücken zukehrte und die Kirche fotografierte.

„Sicher ein Tourist!", dachte Martin.

Da aber drehte sich der Mann zu ihm um und Martin fiel fast von seiner Bank.

„Viktor!", schoss es ihm durch den Kopf, denn der Fremde sah genauso aus, wie sein verstorbener Bruder.

Dann winkte ihm der Mann und machte sich auf den Weg zu ihm. Mit jedem Schritt jedoch, den er näher kam, sah Martin seine Gestalt verschwommener, am Ende nur noch schemenhaft. Als er endlich fast bei Martins Bank angekommen war, so dass dieser ihn hätte mit der Hand berühren können, war der Mann plötzlich ganz verschwunden.

Martin war verstört. Was war da nun wieder mit ihm geschehen? Hatte er wieder Halluzinationen, wie zu Beginn seiner langen Krankheit, die ihn damals den Job gekostet hatte? –

Erst einige Minuten später war er wieder ganz bei sich. Aber was war das? In der Brusttasche seines Hemdes steckte ein Zettel, der sich zuvor nicht dort befunden hatte!

Mit zitternden Fingern zog Martin den Zettel hervor, faltete ihn auseinander und las:

„Mein lieber Bruder,

da ich nun nicht mehr unter den Lebenden weile und Dir deshalb auch nicht mehr so helfen kann, wie früher, will ich Dir nun einen Tipp geben. Wenn Du das folgende Rätsel löst, hast Du vielleicht die Chance, doch noch Dein Glück zu machen:

HO CFQ LKFHODO JJRUD, EHF CJQ EDS MPSBQ ATTZNLFM NHU LFHODN FFKE ZMR EDJM FQCD WNO CFHODN ASTEDS ZVRHDIZFMEHHS IZU, HTS BTDG DHO FMZT LJS TBIVBQADS SJMUD, EZT UPM VMTDSDN

24

TSFSNTRWZUDS RUZNLU. VFMO LBM NHU CJDTDS SJMUD FHOD TDOCVMH ZO IFLBMEDO ZEQFRTHFQU, RP RPKM HIM EHF RFMETOF FQSDJBIDO, ZVBI VFMO DS RDGPM MZOFF SPS JRU.

Ich selbst habe den Zauber, den dieses Rätsel beschreibt, nie ausprobiert, denn es ging mir immer gut. Dir aber kann er vielleicht irgendwie von Nutzen sein. Das jedenfalls wünsche ich Dir.

Auf Wiedersehen, Dein Dich liebender Bruder Viktor."

Das war ein Rätsel, das nicht so einfach zu lösen war. Martin dachte längere Zeit angestrengt über die zunächst sinnlos erscheinende Reihung von Buchstaben nach. Dann aber glitt ein Lächeln über sein Gesicht. Er hatte die Lösung gefunden. Die Buchstaben waren Platzhalter für andere Buchstaben, aus denen sich Wörter ergaben. Für den jeweils ersten Buchstaben hatte Viktor den Buchstaben eingesetzt, der davor im Alphabet stand und für den jeweils zweiten Buchstaben den Buchstaben, der im Alphabet an der Stelle danach kam. Nach dem Z aber kam in Viktors Reihe das A, so dass vor dem A wiederum das Z stand. So ergab sich folgender Text:

„In der kleinen Kiste, die Dir der Notar zusammen mit meinem Geld als Dein Erbe von Deinem Bruder ausgehändigt hat, ist auch ein Glas mit schwarzer Tinte, das von unserem Urgroßvater stammt. Wenn man mit dieser Tinte eine Sendung an jemanden adressiert, so soll ihn die Sendung erreichen, auch wenn er schon lange tot ist."

25

III

Völlig in seinen Gedanken gefangen ging Martin nach Hause. Ob Viktor über die Tinte die Wahrheit geschrieben hatte?

Als er zu Hause angekommen war, holte er die kleine Kiste seines Bruders aus dem Schrank. Darin befand sich tatsächlich ein kleines Gläschen voller schwarzer Tinte, zusammen mit einigen Stahlfedern. Er würde einmal ausprobieren, ob diese Tinte magische Kräfte hatte! Aber wie sollte er das tun?

Da kam ihm plötzlich eine Idee. Er hatte vor Jahren, als er noch arbeitete und noch nicht erkrankt war, eine Freundin namens Johanna gehabt. Sie war die Tochter eines Industriellen, der zig Millionen besaß. Der Vater torpedierte allerdings damals ihre Beziehung zu Martin, so dass sie sich schließlich von ihm abwandte. Heute war sie mit dem Prokuristen der Firma ihres Vaters verheiratet. Martin waren von damals nur einige Fotos von Johanna geblieben, darunter eines, worauf sie als Kind mit ihrer früh verstorbenen Mutter zu sehen war. Er konnte sich noch ganz genau daran erinnern, was Johanna ihm damals erzählt hatte: Ihr Vater sei über den Tod seiner Frau nie hinweggekommen. Er habe sich oft ein Porträt seiner Frau von einem berühmten Maler gewünscht. Dafür, so hatte er seiner Tochter gesagt, würde er Millionen bezahlen. Die namhaften zeitgenössischen Künstler aber gefielen ihm nicht, und so ließ er seine Frau nicht von ihnen malen, auch wenn er es hätte bezahlen können. Seine Vorliebe galt van Gogh und dem Blauen Reiter. –

Wie nun, wenn...? - Martin wagte nicht, diesen Gedanken zu Ende zu denken. Aber was konnte schon passieren? Er musste es einfach versuchen!

So machte er sich noch am selben Tag auf zur Universitätsbibliothek, um dort Bücher und Artikel über van Gogh auszuleihen...

IV

Als er wieder zu Hause war, wälzte er die Werke, die er in der Bibliothek bekommen hatte, und er fand tatsächlich heraus, wo van Gogh in jungen Jahren, als er gerade mit dem Malen anfing, gelebt hatte, sogar den Ort und die Straße.

Als er dies erfahren hatte, hob er zweitausend Euro seines Bruders von seinem Konto ab und kaufte dafür in der Stadt eine Perlenkette. Dann packte er ein Päckchen, in welches er einen Brief, das Foto von Johanna und ihrer Mutter, die Perlenkette und einen großen Rückumschlag mit seiner eigenen Adresse legte, die er mit der vermeintlichen Zaubertinte geschrieben hatte. Als er damit fertig war, schrieb er noch van Goghs Namen und damalige Adresse mit derselben Tinte auf das Päckchen und brachte es zur Post. Ob nun das geschehen würde, was er sich so sehr wünschte? –

Vier Wochen später – Martin war seit Tagen ungeduldig zum Briefkasten hinabgestiegen – klingelte der Paketdienst an der Tür.

„Ein Paket für Sie! Bitte unterschreiben Sie hier!"

Martin unterschrieb, und der Bote händigte ihm das Paket mit seiner Adresse in seiner eigenen Handschrift aus, die er mit der Zaubertinte geschrieben hatte. Der Umschlag war von genau der Größe, wie sie ein gerahmtes Bild in kleinerem Format aufwies und fühlte sich von außen auch genauso an.

Ob ihm gelungen war, was er sich erhofft hatte? Hoffentlich war die Perlenkette Lohn genug gewesen!

Er öffnete eilig den Umschlag, und darin befand sich – ein gerahmtes Porträt der Mutter Johannas im Din-a-4- Format und im Stil Vincent van Goghs. Dabei lag ein Brief, in welchem sich der Künstler für den Auftrag und das gute Entgelt bedankte und sich wünschte, das Bild möge gefallen.

Martin war außer sich vor Freude. Dann aber brachte er das Bild zu einem der großen Museen der Stadt, um es von einem renommierten Kunstexperten, der dort angestellt war, auf seine Echtheit hin prüfen zu lassen. Zwei Wochen später hatte er Gewissheit. Das Bild war ein echter van Gogh. Der Experte hatte noch zwei Kollegen hinzugezogen, die beide dieses Urteil bestätigt hatten. Das Museum bot ihm drei Millionen für das Bild.

Martin aber suchte Johannas Vater auf und bot diesem das Bild zum Kauf an.

„Ich kann es gar nicht glauben, ein Porträt meiner lieben Frau aus der Hand des großen Meisters van Gogh in meinen Händen zu halten", sagte Johannas Vater, nachdem Martin ihm das Bild zur Ansicht übergeben hatte. „Das kann doch gar nicht wahr sein! Es ist wie Zauberei! Ich möchte das Bild noch einmal von Professor Thiel prüfen lassen, der *die* Koryphäe in der Kunstszene der Stadt ist. Die Expertisen der anderen Kunstsachverständigen reichen mir nicht aus!"

„Das können Sie gern tun", sagte Martin. „Ich überlasse Ihnen das Porträt für drei Wochen. Dann komme ich zu Ihnen, und wir sprechen weiter über dieses Geschäft."

Mit diesen Worten verabschiedete sich Martin und verließ das Haus. Johannas Vater aber tat, wie er gesagt hatte und ließ das Bildnis von Professor Thiel prüfen. Dieser aber bestätigte das Urteil der anderen Experten. So bot Johannas Vater Martin sechs Millionen für das Porträt, und Martin nahm sein Angebot an...

V

Es vergingen einige Jahre. Durch das Geld wurde für Martin ein ganz anderes Leben möglich. Er fand neue Freunde und am Ende sogar eine nette Frau, die er heiratete und mit der er zwei Söhne bekam. Sie lebten glücklich zusammen und nahmen am gesellschaftlichen Leben der Großstadt teil. Die Zaubertinte musste Martin zunächst nicht wieder benutzen.

Eines Tages aber, als Martin gerade die Morgenzeitung las, klingelte jemand an der Tür seiner Villa.

Martin öffnete. Draußen stand Johannas Vater und bat um Einlass. Nachdem Martin ihn hereingebeten und er auf dem Sofa im Salon Platz genommen hatte, kam er sofort zur Sache:

„Meine Tochter Johanna ist vor etwa einem Jahr ermordet worden, Herr Korte. Der Mörder hat ihr die Kehle durchgeschnitten. Er ist bis heute nicht gefasst worden. Ihr Ehemann, mein Prokurist, war am Boden zerstört und hat sich von dem schlimmen Schock bis heute nicht ganz erholt."

„Das ist ja furchtbar!", sagte Martin, den die feige Tat nicht ganz unberührt ließ. „Aber was führt Sie denn nun ausgerechnet zu mir?"

„Ich wünsche mir zum Andenken an mein einziges Kind ihr Porträt aus der Hand van Goghs", erwiderte Johannas Vater. „Ich habe gedacht, dass Sie, so wie Sie mir damals das Porträt meiner Frau beschafft haben, mir heute auch ein Bildnis Johannas vom großen Meister verschaffen könnten. Ich habe zwar nie begriffen, wie ein Toter nach seinem Tod noch ein Bild malen kann, aber Sie kennen ja wohl dieses Geheimnis. Deshalb komme ich zu Ihnen. Ich wäre auch bereit, für ein solches Bild von meiner Tochter noch einmal sechs Millionen zu bezahlen."

Martin ließ sich von ihm ein neueres Foto von Johanna geben und sagte, er werde tun, was ihm möglich sei. Dann verließ Johannas Vater das Haus. –

Am nächsten Tag kaufte Martin einen Diamantring im Wert von fünftausend Euro und packte – wie beim ersten Mal – wieder ein Päckchen an Vincent van Gogh, auf welches er mit der magischen Tinte die Adresse schrieb. Auch einen Rückumschlag mit seiner eigenen Adresse, geschrieben mit der Zaubertinte, legte er wieder bei. Als er fertig war, brachte er das Päckchen zur Post.

Wieder vergingen einige Wochen. Dann aber erhielt Martin Johannas Porträt aus der Hand des großen Meisters mit der Post und brachte es sofort zu Johannas Vater. Nachdem dieser sich die Echtheit des Bildes von Experten hatte bestätigen lassen und den vereinbarten Preis bezahlt hatte, lud er Martin zu einer Feierstunde ein, in welcher er das Bild der Öffentlichkeit präsentieren wolle. Martin sagte sein Kommen zu. –

Zwei Wochen später waren dann die Honoratioren der Stadt und der Universität sowie Geschäftsfreunde von Johannas Vater und Pressevertreter im

Verwaltungsgebäude der Firma versammelt, wo man Johannas Porträt an einem Ehrenplatz aufgehängt hatte. Martin kam gerade rechtzeitig, um noch die Festrede von Professor Thiel zu hören, die mit großem Beifall bedacht wurde. Anschließend betrachteten die Anwesenden alle nacheinander das wunderschöne Bild, und die Pressevertreter schossen ihre Fotos.

Als die Feier fast zu Ende war, kam Johannas Mann im Verwaltungsgebäude der Firma an. Er hatte noch einen geschäftlichen Termin gehabt und deshalb nicht von Beginn an an der Feier teilnehmen können. Martin beobachtete, wie er sich vor dem Bild aufstellte, um es zu betrachten. Da aber geschah das Unfassbare. Es war, als werde der Johanna auf dem Bild von unsichtbarer Hand die Kehle durchgeschnitten, und plötzlich spritzte echtes Blut vom Hals der Porträtierten auf den Anzug des Prokuristen. Dieser schrie laut auf und brach dann völlig zusammen, während einige junge Zuschauerinnen in hysterisches Geschrei ausbrachen. Sekunden später stammelte Johannas Mann: „Ich habe sie umgebracht! Sie wollte mich verlassen und sich einen Jüngeren suchen. Das konnte ich doch nicht zulassen. Wenn ich sie nicht haben konnte, so sollte sie niemand bekommen. Jetzt aber holt sich ihre Seele ihren Tribut von mir." –

Johannas Mann brachte man schließlich in der gerichtlichen Psychiatrie unter, und er wurde nie wieder ganz gesund. Die Zaubertinte aber verschwand noch am selben Tag aus ihrem Gläschen, und es weiß wohl niemand, wo sie hingekommen ist.

Kidnapping

I

„Sind Sie die Frau von Doktor Schilling, dem Minister?", fragte die junge Sprechstundenhilfe die attraktive und elegante Frau, die gerade vor ihr stand und um einen Termin bei Dr. Vant, dem Gynäkologen bat.

„Ja, auch wenn Sie das eigentlich nichts angeht", gab die Dame zur Antwort. „Was ist jetzt, hat Dr. Vant Zeit für mich?"

„Einen Augenblick, meine Dame, ich sage dem Herrn Doktor sofort Bescheid, dass Sie da sind", entgegnete die Sprechstundenhilfe eifrig, nahm den Telefonhörer ab und wählte eine Nummer. „Herr Doktor, hier ist Frau Dr. Schilling, die Frau des Innenministers. Sie möchte gern zu Ihnen. – Was? – Aber natürlich! – Sofort! - Sie können sofort ins Sprechzimmer gehen, Frau Dr. Schilling. Es ist diese Tür dort. Der Herr Doktor erwartet Sie."

„Ich selbst besitze gar keinen Doktortitel, wissen Sie! Mein Mann ist Doktor der Jurisprudenz. Ich aber nicht!"

Die Sprechstundenhilfe schlug die Augen nieder und erwiderte lieber nichts auf den Tadel der Dame, die die Tür zum Sprechzimmer öffnete und im selben Moment dahinter verschwand. –

„Es ist mir eine Ehre, Frau Schilling!", sagte Dr. Vant und begrüßte seine prominente Patientin mit einem Handschlag. „Was kann ich für Sie tun?"

„Ich bin seit vier Wochen schwanger und suche einen Arzt, der mich während meiner Schwangerschaft begleitet", antwortete die schöne Frau. „Ich war zunächst bei Ihrem Kollegen, Dr. Prader, aber der ist leider in der letzten Woche überraschend verstorben, wie Sie vielleicht wissen. Sein junger Kompagnon, Dr. Feil, hat mir daraufhin Ihre Praxis empfohlen, da er, wie er sich ausdrückte, nicht über so große Kompetenzen auf diesem Gebiet verfügt, wie Dr. Prader oder Sie. Deshalb bin ich nun hier, denn für unser Kind ist mir gerade das Beste gut genug, wie Sie sich vielleicht denken können. Ich hoffe, dass Sie sich meiner annehmen werden, Herr Vant."

„Selbstverständlich, Frau Schilling, ich werde alles tun, was in meiner Macht steht, damit es Ihnen und Ihrem Kind gut geht", gab der Arzt zur Antwort, und man konnte seinem Gesicht ansehen, dass er sich ein wenig geschmeichelt fühlte. „Wollen wir nun zunächst eine Ultraschalluntersuchung vornehmen, damit ich mir ein erstes Bild machen kann?"

„Natürlich, wenn Sie es für richtig halten!"

„Dann legen Sie sich doch bitte dort auf die Liege und machen Ihren Bauch frei, Frau Schilling!"

Die Dame tat, was Dr. Vant verlangte, und dieser schaute sich mit ihr zusammen das kleine Etwas in ihrem Bauch mithilfe des Ultraschallgerätes näher an.

Nach einigen weiteren Untersuchungen und Tests sagte er dann, dass alles soweit in Ordnung sei und bat die Frau des Ministers, sich von der Sprechstundenhilfe einen weiteren Untersuchungstermin geben zu lassen. Die Dame zog sich an und tat dann, was der Arzt gesagt hatte. Etwa zehn

Minuten später verließ sie die Praxis und fuhr mit dem Taxi nach Hause zurück. …

II

Drei Monate lang sorgte sich Dr. Vant um das ungeborene Kind der Schillings, und das Kind entwickelte sich unauffällig und völlig normal. Als Frau Schilling aber eines Tages wieder zur Untersuchung erschien, wunderte sie sich sehr.

Das Wartezimmer, sonst immer gut gefüllt, war völlig leer, als sie die Praxis betrat, und auch die junge Sprechstundenhilfe, mit welcher sie immer ihre Termine gemacht hatte, war nicht da. Auf ihrem Platz saß stattdessen ein älterer Mann, den sie zuvor noch nie gesehen hatte.

„Sie müssen Frau Schilling sein", sagte der fremde Mann freundlich und lächelte. „Ich habe Sie schon erwartet."

„Wer sind Sie, und was ist hier geschehen?", fragte die Patientin erstaunt.

„Ich bin Lucius Wille, Gynäkologe, und ein guter Freund von Arndt Vant", antwortete der ältere Mann. „Obwohl ich eigentlich seit einem Jahr im Ruhestand bin, bittet mich Dr. Vant manchmal, ihn zu vertreten, wenn es sich um sehr wichtige Patientinnen handelt, denn er schätzt meine Fähigkeiten noch immer sehr. Da er kurzfristig dringend verreisen musste, hat er seine Praxis für einige Tage geschlossen und mich gebeten, in Ihrem Fall die Vertretung zu übernehmen, weil Sie ihm sehr wichtig sind. Ich hoffe, es ist Ihnen recht, wenn ich Sie an seiner Stelle untersuche."

Die Gattin des Ministers war zwar erstaunt, dachte aber an nichts Böses. Für heute war lediglich eine Ultraschalluntersuchung geplant gewesen, bei welcher dieser Dr. Wille sicherlich nichts falsch machen konnte. Selbst wenn er schon pensioniert war, so schien Dr. Vant ihm doch sehr zu vertrauen, denn sonst hätte er ihn sicher in ihrem Fall nicht als Vertreter berufen. Also willigte sie ein, sich von dem älteren Arzt untersuchen zu lassen und folgte ihm ins Sprechzimmer Dr. Vants.

Dort aber gab es noch etwas Neues, nämlich ein neues Ultraschallgerät, das sie zuvor noch nicht gesehen hatte. Auf ihre Frage hin, seit wann ihr Arzt über dieses neue Gerät verfüge, erwiderte Dr. Wille, Dr. Vant habe es in der vorigen Woche angeschafft, um seinen Patientinnen den bestmöglichen Schutz während ihrer Schwangerschaft bieten zu können.

Beruhigt entblößte Frau Schilling daraufhin ihren Bauch, und Dr. Wille begann mit der Untersuchung. Eine Viertelstunde später konnte sie sich dann wieder ankleiden, und der Arzt versprach ihr, Dr. Vant ihren Terminwunsch für die nächste Untersuchung zu übermitteln. Dann verließ sie eilig die Praxis, denn sie wollte sich noch neue Umstandskleidung kaufen. …

III

„Kind, ich habe heute etwas ganz Merkwürdiges in der Zeitung gelesen."

Mit diesen Worten empfing sie ihre Schwiegermutter in der Villa, als sie am nächsten Tag von ihrer Schwangerschaftsgymnastik nach Hause kam.

„Was denn, Mutter?", fragte sie neugierig.

„Dein Gynäkologe, Dr. Vant, und seine Sprechstundenhilfe sind vorgestern nach der Sprechstunde in der Praxis von Unbekannten überfallen worden. Man hat ihnen Säcke über die Köpfe gezogen, sie gefesselt und geknebelt, und sie dann mit einem Van verschleppt. Erst gestern Abend sind sie in einem Wald in der Nähe der Stadt freigelassen worden. Sag, Liebes, warst du nicht gestern in der Praxis von Dr. Vant? Es müsste dir doch etwas aufgefallen sein!"

Mira Schilling war außer sich. Wenn das wahr war, was ihre Schwiegermutter da sagte, und daran gab es keinen Zweifel, was hatte es dann mit dem merkwürdigen Dr. Wille auf sich? Warum hatte er sie untersucht? Er musste doch irgendwie mit den Entführern zu tun haben!

Sie ergriff ihr Handy, das sie immer in der Handtasche bei sich trug und rief in Dr. Vants Praxis an. Dort war jedoch niemand. Also versuchte sie es in seiner Privatwohnung. Nach längerem Klingeln hob er selber ab. Nein! Er hatte niemals einen Dr. Wille gebeten, sich um sie zu kümmern. Er kannte nicht einmal einen Mann solchen Namens. Und ein neues Ultraschallgerät hatte er auch nicht angeschafft. Was hatte dies alles nur zu bedeuten?

Sie rief auf Drängen ihres Arztes bei der Polizei an. Aber auch die Beamten wussten keinen Rat. Es war absolut nicht zu verstehen, warum man Dr. Vant und die Sprechstundenhilfe entführt und dann ohne Lösegeld wieder freigelassen hatte, und was es mit dem merkwürdigen Dr. Wille und dem neuen Ultraschallgerät auf sich hatte. –

Als Dr. Schilling am Abend nach Hause kam, erzählten ihm seine Frau und seine Mutter von den Geschehnissen, doch auch er hatte keine Idee, warum die Entführer und der ominöse Dr. Wille so etwas getan hatten. Nachdem die drei noch längere Zeit über diese Dinge gesprochen hatten, gingen sie schließlich alle zu Bett. …

IV

Als Mira Schilling am nächsten Morgen aufwachte, war ihr Mann schon im Bad, denn er hatte sehr früh am Tag einen Termin mit der Presse. Als er sich gerade die Zähne putzte, hörte er seine Frau im Nebenzimmer laut aufschreien. Eilig lief er zu ihr und rief: „Was ist los, Schatz? Warum schreist du so?"

„Da…, schau…!", stammelte Mira und zeigte weinend auf ihren Bauch. „Es… ist… weg!!"

Zuerst verstand ihr Mann nicht, was sie meinte. Dann aber erschauderte er. Der Bauch seiner Frau war nicht mehr dick, wie zuvor, sondern so flach, wie vor ihrer Schwangerschaft. Was nur, um alles in der Welt, bedeutete dies?

„Mein Baby, es ist weg! So tu doch etwas!", schrie Mira Schilling und prügelte hysterisch mit den Fäusten auf die Brust ihres Mannes ein.

Er hielt sie schließlich an den Handgelenken fest, und sie warf sich, von einem Weinkrampf geschüttelt, in seine Arme. Mira hatte Recht. Das Baby war aus ihrem Bauch verschwunden. Was nur konnten sie tun? –

Minuten später rief Dr. Schlling bei Dr. Vant an und bat ihn dringend um einen Termin für seine Frau. Dann sagte er seinen Pressetermin ab und fuhr sie selbst zu dessen Praxis. Dr. Vant unternahm sofort eine Ultraschalluntersuchung, und dann wurde es für alle Beteiligten zur traurigen Gewissheit: Miras Kind war spurlos aus ihrem Bauch verschwunden! –

„Das kann doch gar nicht sein!", brüllte Dr. Schilling verzweifelt heraus. „Das ist doch unmöglich! Dr. Vant, wie kann denn nur so etwas geschehen?"

„Ich kann mir das nicht erklären", erwiderte der Gynäkologe. „So etwas ist mir noch nie untergekommen. Höchstens in dem Falle, dass die Schwangere hat abtreiben lassen…!"

„Meine Frau hat aber nicht abtreiben lassen, Doktor", sagte Dr. Schilling merklich gereizt. „Sie ist gestern mit Kind im Bauch eingeschlafen und heute Morgen ohne es aufgewacht. Erklären Sie mir das!"

„Ich weiß nicht, wie so etwas geschehen kann. Es ist eigentlich völlig unmöglich", sagte Dr. Vant Hilflos.

„Ich werde sofort die Polizei einschalten!", sagte der Minister. „Man muss herausfinden, was mit meiner Frau geschehen ist. Komm, Schatz, ich fahre dich heim! Und dann telefoniere ich mit Hauptkommissar Schleinert. Ein fähiger Mann, den ich sehr gut kenne!"

Mit diesen Worten umfasste er die Schulter seiner Frau und zog sie mit sich aus der Praxis hinaus zum Auto. Zitternd und weinend saß sie dann auf der Rückbank der Limousine, die er durch die Straßen der Großstadt zu seiner Villa zurücklenkte. …

V

Zwei Monate zogen ins Land, ohne dass die Polizei irgendetwas Neues herausfand. Mira Schillings Zustand verschlimmerte sich in dieser Zeit immer mehr, und sie saß am Ende nur noch so da in ihrem Lieblingssessel im Wohnzimmer der Villa, dämmerte vor sich hin und war zu keiner Aktivität anzuregen, weder durch ihre Schwiegermutter, noch durch ihren Mann, so sehr sich die beiden auch um sie bemühten.

Dann aber rief Hauptkommissar Schleinert bei den Schillings an. Dr. Schilling, der an diesem Tag erst später Termine hatte, hob den Hörer ab.

„Schilling!"

„Hallo, Herr Dr. Schilling, hier spricht Schleinert. Es hat sich etwas Neues ergeben. Können Sie mit ihrer Frau zu uns kommen?"

„Was hat sich denn ergeben, Herr Schleinert?", wollte Dr. Schilling wissen.

„Wir haben einen anonymen Erpresserbrief in Ihrer Sache erhalten", entgegnete der Kommissar. „Aber uns ist nicht klar, womit die Erpresser Sie eigentlich erpressen wollen, Herr Minister."

„Wir kommen sofort. In etwa dreißig Minuten können wir da sein."

Mit diesen Worten legte Dr. Schilling den Hörer auf und teilte seiner Frau mit, was der Kommissar gesagt hatte. Da kam Leben in Frau Schilling. Sofort zog sie sich an und drängte ihren Mann, schnell mit ihr zum Kommissariat zu fahren. Vielleicht bekam das Ganze nun doch eine Wende zum Guten! –

Als die beiden in Kommissar Schleinerts Büro ankamen, zeigte dieser ihnen den Erpresserbrief, der mit einer viel benutzten Computerschrift auf millionenfach verkauftes Kopierpapier geschrieben war. Sie lasen, dass sie eine Million Euro bereithalten sollten und am nächsten Tag neue Instruktionen erhalten würden, was sie mit dem Geld tun sollten.

„Aber was genau sollen wir für das Lösegeld denn bekommen?", fragte Dr. Schilling ungläubig.

„Na, unser Kind natürlich!", sagte seine Frau. „Was sonst?"

„Dem Schreiben der Erpresser lag noch eine Gebrauchsanweisung für ein Ultraschallgerät bei, die

Ihre Frau lesen soll", sagte der Hauptkommissar zu Dr. Schilling gewandt. „Wir wissen bisher nicht, was die Verbrecher damit bezwecken und was sie als Gegenleistung für das Geld anbieten."

„Lassen Sie mal sehen!", sagte Mira Schilling erregt und nahm das Papier an sich.

Sie las die Gebrauchsanweisung von vorn bis hinten durch, konnte aber keinen Hinweis auf die Absichten der Täter daran entdecken und war zutiefst enttäuscht. Kaum aber hatte sie das Papier auf Kommissar Schleinerts Schreibtisch zurückgelegt, da hatten sich die Worte, die sie soeben durchgelesen hatte, offensichtlich durch das Lesen in ganz andere Worte verwandelt. Dr. Schilling nahm das veränderte Papier in die Hand und las den Beteiligten vor, was nun darauf geschrieben stand:

„Meine liebe Familie Schilling,

wir haben Ihr Baby. Durch unser magisches Ultraschallgerät, das der Mann, den Sie als Dr. Wille kennen, selbst entwickelt hat, konnten wir das Kind aus Frau Schillings Bauch entfernen. Über eine Funkverbindung zu einem entsprechenden Empfangsgerät in der Hand von Dr. Willes Lebensgefährtin gelangte das Kind nach einiger Zeit in deren Körper. Wenn Sie uns nun so bezahlen, wie wir es wünschen, so werden wir Ihnen das erwähnte Empfangsgerät zukommen lassen, eine Ultraschallbehandlung mit dem Bauch von Dr. Willes Lebensgefährtin vornehmen und Ihnen so das Kind zurückschicken. Befolgen Sie unsere Instruktionen genau, und wir sind im Geschäft. Tun Sie dies aber nicht, so hat das Konsequenzen."

„Das ist doch nicht möglich!", entfuhr es dem Hauptkommissar. „Zuerst ein magisches Gerät, und dann noch Sätze auf dem Papier, die sich durch das Lesen durch die Mutter des Kindes in ganz andere Worte verwandeln. Es muss sich um echte Zauberer handeln!"

„Sei es, wie es will", sagte Mira Schilling aufgeregt. „Wir werden genau das tun, was sie verlangen. Nur so bekommen wir das Kind zurück."

„Ja, Schatz, du hast Recht!", sagte ihr Mann. „Wir werden tun, was sie wollen."

Sie besprachen mit Kommissar Schleinert, dass sie am nächsten Tag auf die Befehle der Täter warten würden, ohne dass die Polizei sich einmischte, um den Deal nicht zu gefährden. Erst wenn Mira Schilling ihr ungeborenes Kind wiederbekommen hätte, sollte die Polizei aktiv werden.

Mit einer völlig euphorischen Frau verließ Dr. Schilling danach das Kommissariat, und die beiden fuhren zunächst zur Bank, um dort die Million Euro abzuholen, die sie am nächsten Tag brauchen würden. …

VI

Am nächsten Tag erhielten die Schillings mit der Post ein Handy und den schriftlichen Befehl, dass Dr. Schilling das Lösegeld in einen Koffer packen, sich damit und mit dem Handy in sein Auto setzen und in Richtung Stadtmitte fahren sollte. Wenn er die Polizei einschalte, sei der Handel geplatzt, schrieben die Entführer noch.

„Tu genau, was sie sagen!", forderte Mira Schilling eindringlich von ihrem Mann.

„Ich werde doch unsere Chance, das Baby wiederzubekommen, nicht aufs Spiel setzen!", beruhigte sie dieser.

Dann gab er ihr einen Kuss und fuhr los.

Kaum war er einige Kilometer gefahren, da klingelte das Handy. Die Verbrecher wiesen ihn an, in den Westen der Stadt zu fahren. Dort klingelte das Handy erneut. Er sollte nun zum Museumsplatz fahren. Und so ging es weiter. Die Kidnapper schickten ihn durch die ganze Stadt, um etwaige Verfolger abzuschütteln. Am Ende musste er zum Ufer des Flusses fahren, der mitten durch die Stadt floss. Dort sollte er auf einer Brücke aus dem Wagen steigen und den Geldkoffer zum Flussufer hinunterwerfen. Kaum hatte er dies getan, da schwamm ein Taucher ans Ufer, nahm den Koffer an sich, schwamm damit zu einem Motorboot in der Nähe und fuhr damit davon. Minuten später war er am anderen Ufer angekommen und im dortigen Gestrüpp verschwunden.

Als der Minister wieder zu Hause angekommen war, berichtete er zunächst seiner Frau, was geschehen war. Dann rief er Hauptkommissar Schleinert an, sagte ihm, dass die Täter nun das Geld hätten und bat ihn dringend, abzuwarten, bis seine Frau das Kind wiederbekommen habe. Schleinert sagte ihm dies zu. –

Am nächsten Tag kamen mit der Post ein kleines technisches Gerät mit Antenne und ein Brief bei den Schillings an, in welchem die Entführer Mira Schilling befahlen, dieses Gerät um 16.00 Uhr einzuschalten und für eine Viertelstunde in die Hand zu nehmen. Danach solle sie längere Zeit abwarten, was geschehen werde. Die Genannte hielt sich genau an die Anweisung und legte das Gerät um 16.15 Uhr wieder aus der Hand. Dann wartete sie darauf, dass ihr Baby in ihren Körper zurückkehrte. –

Am selben Abend gegen 23.00 Uhr wurden Polizei und Rettungsdienst zum Haus der Schillings gerufen. Nachbarn hatten lautes Geschrei aus dem Schlafzimmer gehört und sich Sorgen gemacht. Als die Beamten die Tür aufgebrochen und das Schlafzimmer betreten hatten, sahen sie den Hausherrn völlig verwirrt auf dem Ehebett sitzen, zusammenhanglose Worte vor sich hin stammelnd. Neben ihm lag seine tote Frau in einer großen Blutlache. An der Stelle ihrer Bauchdecke klaffte ein großes, blutverschmiertes Loch, und ihre Gedärme fehlten. Neben ihr lag das Kind, dem der Vater mit einem Golfschläger, der neben dem Bett lag, den Schädel eingeschlagen hatte. Es hatte das Gebiss eines ausgewachsenen Panthers und an seinen Zähnen hingen Blut und menschliche Fleischpartikel, die der Pathologe später eindeutig der Mutter zuordnen konnte. Das Baby hatte sich aus dem Leib der Mutter herausgefressen.

Traumtraum.com

I

Traumtraum.com hieß das Portal. Robert dachte an seinen Freund Marcel, der ihm von dieser Internetseite erzählt hatte. Er war vor drei Tagen gestorben, einfach friedlich eingeschlafen, so wie Robert sich auch seinen Tod wünschen würde.

Vorher hatte Marcel aber von der Traumtraum-Seite erzählt, und davon, dass man für seinen Lieblingstraum dort nichts bezahlen musste. Marcel hatte das recherchiert, und er sagte zu Robert, dass er sich dort einen Traum von einem Techtelmechtel mit der blonden Isa wünschen wollte, einer Frau, hinter der in ihrem Viertel jeder zweite Kerl her war. Auch Robert liebte die Schöne heimlich, und er konnte sich sehr gut vorstellen, warum sich Marcel einen solchen Traum wünschte.

Was aus Marcels Vorhaben geworden war, konnte Robert jetzt natürlich nicht mehr herausfinden, denn der Freund hatte vor seinem Tod nichts von seinem Traum mit Isa erzählen können. Aber wollte jetzt selbst die Seite aufrufen und dort nachsehen, wie das mit dem Superträumen war, und was man tun musste, um einen solchen zu haben.

Also fuhr Robert seinen PC hoch. Minuten später war er im Netz und rief das Portal *Traumtraum.com* auf. Die Seiten waren grafisch ansprechend gestaltet, und Robert schaute sich interessiert um.

„Wollen sie Ihren Traum-Traum erleben?", fragte eine junge, hübsche Frau und zwinkerte. „Dann füllen Sie die Maske aus, die Sie unter dem Link finden,

44

und schon steht Ihrem Erlebnis nichts mehr im Wege."

Robert klickte den Link an, und sofort erschien eine Maske, in welche er seinen Namen, seine Adresse, sein Geburtsdatum und seinen gewünschten Traum eintragen sollte. Er dachte einen Moment lang nach und kam zu dem Schluss, dass die Betreiber dieser Seite wohl nicht viel mit den gewünschten Daten anfangen könnten, falls sie unlautere Absichten verfolgten. Also füllte er die entsprechenden Felder aus.

Sein Wunschtraum war jedoch ein anderer als der, den Marcel hatte haben wollen. Robert wünschte sich vielmehr, einen Traum vom wirklichen Leben nach dem Tod zu haben, damit er vorbereitet war und Gewissheit hatte, was dieses Thema anging.

Als er endlich seinen Traum-Traum eingetragen hatte, zögerte er noch einen Moment, bevor er seinen Wunsch abschickte. War es tatsächlich möglich, dass die Betreiber der Seite ihn in der nächsten Nacht träumen ließen, was er sich gewünscht hatte?

Dies wurde ihm zumindest von der Seite so versprochen, und Marcel hatte es ebenfalls gesagt.

Ach, er würde es einfach ausprobieren. Was konnte schon passieren? Wenn sie keine Träume schicken konnten und alles nur ein *fake* war, wäre das auch nicht so schlimm. Und bezahlen musste man schließlich nichts. Das hatte schon Marcel recherchiert, und die Seite bestätigte das. Robert schickte also seinen Wunsch ab. …

II

Am selben Abend um 22.30 Uhr legte sich Robert in Unterwäsche, wie er es immer tat, in sein Bett. Ob die Betreiber der Traumseite ihm tatsächlich an diesem Abend seinen Wunsch erfüllen würden? Er dachte noch etwa 30 Minuten darüber nach, und dann schlief er ein. –

Plötzlich war er fünfzehn Jahre jünger, also etwa 25 Jahre alt und sah sich in seinem Spiegel im Bad an. Er war frisch rasiert und vollständig angekleidet. Voller Tatendrang verließ er das Badezimmer und stieg ins Erdgeschoss seines Hauses hinab.

Unten traf er seine Jugendliebe Maya, die er damals nicht bekommen hatte, weil sie Jürgen aus der Geschäftsleitung vorgezogen hatte. Sie war in seinem Alter und gab ihm einen Kuss, als er sie im Wohnzimmer traf. Dann nahm sie ihn an der Hand und verließ mit ihm zusammen das Haus.

Draußen stand sein Traumwagen, den er nie hatte bezahlen können, nämlich ein Porsche Carrera, und der Schlüssel steckte. Sie stiegen ein, er auf der Fahrerseite, und drehten zunächst eine Runde durch die Stadt.

Dabei trafen sie auf ihre Freunde, die alle auch im selben jugendlichen Alter waren und wurden von ihnen gegrüßt. Auch ihre Feinde waren unterwegs, aber Robert empfand komischerweise keine bösen Gefühle für sie, sondern fühlte sich mit ihnen in Frieden und Freundschaft verbunden.

Schließlich fuhren sie zum Haus seiner Eltern, die eigentlich schon seit Jahren tot waren. Seine Mutter kam ihm – kaum 50 Jahre alt – an der Tür entgegen und lud ihn zusammen mit seiner Freundin zu Kaffee und Kuchen ein. Drinnen saß der Vater, im selben Alter wie die Mutter und quicklebendig und begrüßte sie ebenfalls. Sie aßen und tranken und unterhielten sich prächtig, bis der Nachmittag des schönen Tages schon recht fortgeschritten war.

Nun fuhren sie noch zu seinen Großeltern, die beide schon lange zuvor verstorben waren. Auch diese lebten wieder, waren beide um die 70 Jahre alt und freuten sich, ihren Enkel und seine Freundin zu sehen. Sie schauten eine Weile zusammen fern und unterhielten sich dabei, bis Maya ihn bat, mit ihr nach Hause zu fahren.

Als sie dort ankamen, öffneten sie eine Flasche besten Rotweins, und Maja verführte ihn nach allen Regeln der Kunst. Sie landeten zuerst im Bad und dann im Bett, wo sie sich leidenschaftlich liebten.

Nachdem Robert mehrere Höhepunkte durchlebt hatte, und Maya neben ihm in seinen Armen schlief, wachte er plötzlich aus seinem Traum auf. Dies also war das Leben nach dem Tod, ein wundervolles Leben, einfach gigantisch!

Kaum hatte er dies gedacht, bekam er einen Herzinfarkt und hauchte sein Leben aus. …

III

Max Hohenstern nickte zufrieden. Soeben hatte Robert Schanzer, sein letzter Kunde, sein Leben verloren. Und die restlichen Jahre, die er noch gehabt hätte, gehörten nun ihm. Max schmunzelte. Niemand aus seiner Familie hätte ihm das zugetraut. Niemand!

Dass er so ein genialer Computerfreak werden würde, wie er es nun geworden war, hätte keiner gedacht. Nicht einmal seine Lehrer, die immer sehr viel von ihm gehalten hatten. Er hatte es einfach drauf. Er entwickelte eine phänomenale Software, die ihn unsterblich und zu einem unsagbar reichen Mann machte.

Diese Software war sehr vielschichtig. Lief das Programm einmal – aktiviert durch einen Kunden, der seine Daten in die Maske eingab – so schickte es diesem den gewünschten Traum und tötete ihn an dessen Ende. Zum Schluss bekam dann er für diesen Traum die Jahre, die der Kunde nach seinem Traum noch gehabt hätte. Die Software nämlich sammelte die Jahre, die sie normalerweise noch zu leben gehabt hätten und übertrug sie dann auf eine digitale Uhr, die er an seinen PC anschließen musste. Wenn jemand dann diese Uhr am Handgelenk hatte, so lebte er ein Leben, das um die Jahre des Toten verlängert wurde.

Max hatte Kunden aus der ganzen Welt, die diese Uhren kauften. Sie zahlten fast jeden Preis für ein längeres Leben, das er ihnen bieten konnte. Er hatte durch diese Geschäfte bereits Millionen verdient. Und noch etwas hatte er von seinen Erfindungen. Er selbst war nun nämlich quasi unsterblich, denn er konnte diese Uhren, die er zum größten Teil verkaufte, natürlich auch selber tragen und so sein eigenes Leben verlängern.

Die Seite *Traumtraum.com*, die er erfunden hatte, war allein durch Mundpropaganda so bekannt geworden, dass sie täglich mehrmals besucht wurde. Und im Durchschnitt zweimal am Tag buchte jemand einen Traum. So kam er auf zwei Uhren am Tag.

Sicher, oft waren die Kunden schon etwas älter. Zum Beispiel Robert Schanzer, sein letzter Kandidat, war schon 40 Jahre alt gewesen, bevor er ihm seine restlichen Jahre überlassen musste. Aber er wäre 73 Jahre alt geworden, das machte dreiunddreißig Jahre für die Uhr.

Und wenn Max die durchschnittlichen Zahlungen seiner Kunden zugrunde legte, so bekam er für jedes

Jahr, das er verkaufte, hunderttausend Euro. Das machte also allein im Fall Schanzer 3,3 Millionen Euro cash. Kein schlechter Lohn für seine geniale Arbeit.

Aber nun musste er eine Uhr an seinen PC anschließen, um die restlichen Jahre des Kunden zu speichern und verkaufen zu können. Und einen Käufer, beziehungsweise eine Käuferin für Schanzers übriggebliebene Jahre hatte er auch schon. Die Frau, die ihr Leben verlängern wollte, war eine französische Modeikone mit Milliarden im Rücken. Einmal hatte sie bereits 13 Jahre von einem alternden Hippie gekauft. Das hatte sie süchtig gemacht. Nun wollte sie mindestens dreißig weitere Jahre. Max schmunzelte erneut. An ihm sollte es nicht liegen. …

IV
Jerome Tegel war übel gelaunt. Heute jährte sich der Todestag seines Vaters Sebastian zum vierten Mal. Er selbst war damals gerade 18 Jahre alt, als sein Vater auf die Seite *Traumtraum.com* aufmerksam wurde. Er beschloss, sich einen Traum zu wünschen, der ihn erleben ließ, wie er ein Formel-1-Rennen gewann.

Er füllte also die Maske auf der Seite aus, wie es der Betreiber von ihm verlangte und erwartete dann am Abend seinen Traum, der in etwa das Schönste zu werden versprach, was er sich denken konnte, denn er war ein großer Fan von Autorennen und Rennwagen jeder Art.

Jerome hatte seinem Vater, der ihm von seinen Absichten erzählte, einen wunderschönen Traum gewünscht, bevor sich dieser ins Bett legte. Dann schlief Sebastian wohl ungefähr drei Stunden und genoss seinen Traum, bevor er etwa um 1 Uhr morgens an einem Herzinfarkt starb.

Dies diagnostizierte jedenfalls der Arzt, den seine Mutter rief, und Jerome dachte bereits damals, dass der Tod seines Vaters mit diesem Traumportal zusammenhängen musste. Auf irgendeine Weise musste das Programm für seinen Infarkt verantwortlich sein, denn sein Vater war zu dieser Zeit kerngesund gewesen und nichts hatte auf einen solchen Tod hingedeutet. Dies hatte auch der überraschte Arzt gesagt.

Der Junge versuchte in der Zeit, nachdem man seinen Vater auf dem städtischen Friedhof beigesetzt hatte, herauszufinden, wer für die Traumseite verantwortlich zeichnete, und wie die Dinge mit dem Traum und dem Tod seines Vaters zusammenhingen. Er konnte jedoch nichts dergleichen herausfinden.

Erst am heutigen Tag, dem vierten Jahrestag von seines Vaters Tod, war ihm eine Idee gekommen, wie er die Identität des die Seitenbetreibers herausfinden und den Tod Sebastians rächen konnte.

Er würde die Seite im Internet besuchen, und in die unter dem Link erscheinende Maske den Namen und das Geburtsdatum seines Vaters, dessen heutige Adresse auf dem Friedhof sowie den Traumwunsch eingeben, den Sebastian bereits damals eingegeben hatte.

Anschließend würde das Grab seines Vaters überwachen, denn er vermutete, dass der Betreiber der Seite sich an seinen ehemaligen Kunden erinnern und vielleicht dessen Grab aufsuchen würde, um sich zu vergewissern, dass er bereits tot war. Dann könnte Jerome ihn erkennen und zur Rechenschaft ziehen. Zumindest dachte sich dies der junge Mann in seiner Verzweiflung.

Und noch etwas anderes dachte er sich, als er sein Vorhaben in die Tat umsetzte. Vielleicht war auf diese Weise zu erfahren, warum der Betreiber der Seite die Träume anbot und den Tod seiner Kunden herbeiführte. Es musste doch einen Grund geben, aus dem heraus dies alles geschah, eine Möglichkeit für diesen Mistkerl, vom Tod seiner Klienten zu profitieren.

Jerome tat also, was er geplant hatte und gab die Daten und den ehemaligen Wunsch seines verstorbenen Vaters in die Maske der Traumseite ein. Dann machte er sich eilig auf den Weg zum Friedhof, um den Eigentümer von *Traumtraum.com* dort zu erwarten. …

V

Max Hohenstern war ärgerlich. Zum ersten Mal, seit er die Seite ins Netz gestellt hatte, machte sein Programm Zicken und arbeitete nicht, wie es geplant war. Was um alles in der Welt störte den routinierten Ablauf seiner Bemühungen?

Max schaute sich an, was der aktuelle Kunde in die Maske eingegeben hatte. Sebastian Tegel, geboren am 18. 4.1968, wünschte sich zu träumen, wie er einen Formel-1-Sieg herausfuhr.

Moment! Das Ganze kam Max einigermaßen bekannt vor. Den Namen Sebastian Tegel kannte er nicht wirklich, aber das mit dem Sieg beim Autorennen war ihm schon einmal untergekommen. Verdammt!

Hatte da einer die Daten eines Ex-Kunden zum zweiten Mal eingegeben? Wenn das so war, so musste dieser Sebastian Tegel schon tot und über seine restliche Lebenszeit bereits verfügt worden sein. Der Ex-Kunde wohnte am Barklohrer Wäldchen. Befand sich dort nicht der städtische Friedhof der nahen Großstadt?

Er würde am Nachmittag hinfahren und das Grab dieses Sebastian Tegel suchen. Dann hätte er Gewissheit, dass dieser ein Ex-Kunde seiner Seite war. Jetzt aber musste er zuerst einmal seine Daten löschen, die irgendjemand wohl in die Maske eingegeben hatte, um ihm Ärger zu machen.

Es kostete Max Hohenstern nur wenige Handgriffe, und das Programm arbeitete wieder fehlerfrei. Darüber, wer die Daten des Toten eingegeben hatte, und warum, machte er sich keine Gedanken. …

VI

Am frühen Nachmittag kam Max Hohenstern am Barklohrer Wäldchen in der nahen Großstadt an. Dort befand sich tatsächlich der städtische Friedhof.

Max parkte seinen Wagen und betrat den Weg, der auf das Gelände führte. Er ging durch das Eingangstor und stutzte. Dies war ja ein riesiges Areal mit sehr vielen Grabstätten. Wie sollte er dort ein einzelnes Grab finden, wenn er nicht wusste, wo genau er suchen musste?

Dann aber sah er den Friedhofsgärtner, der an einem frischen Grab zu tun hatte und fragte ihn nach der Ruhestätte von Sebastian Tegel. Der Gärtner überlegte eine Weile. Dann beschrieb er ihm den Weg dorthin. Als Max ihn ein wenig kritisch ansah, da er sich nicht vorstellen konnte, auf diese Weise das richtige Grab zu finden, begleitete ihn der Gärtner bis zum entsprechenden Platz.

Da lag es vor ihm, das Grab von Sebastian Tegel, wie der Grabstein besagte, der dort aufgestellt war. Max bedankte sich bei seinem Begleiter, der nun zu seiner Arbeit zurückkehrte.

Während Max eine Weile auf den Grabstein starrte, kam der Sohn des Toten, der hinter einigen Büschen gewartet hatte, leise aus seinem Versteck und trat hinter ihn.

Das also war der Mörder seines Vaters!

Er zückte seinen Baseballschläger, den er zu diesem Zweck mitgebracht hatte und knockte Max damit aus.

Während Max ohnmächtig dalag, durchsuchte Jerome seine Taschen. Dort fand er seinen Personalausweis und notierte sich die Daten auf einem Block. Ihm war eingefallen, dass es gar nicht nötig war, zu wissen, warum der Übeltäter seinen Vater ermordete. Es reichte etwas anderes aus, um ihn zu rächen. Schließlich nahm er seinen Schläger und verließ auf einem Nebenweg den Friedhof, bevor Max wieder zu sich kam.

Minuten später erwachte Max und stand auf. Was war denn da geschehen? Wer hatte ihn niedergeschlagen und warum?

Er ging zurück zum Friedhofsgärtner, der noch immer an derselben Stelle arbeitete und fragte ihn, ob er gesehen habe, dass er niedergeschlagen wurde. Der Gärtner aber hatte nichts gesehen, denn Sebastian Tegels Grab lag doch eine große Strecke entfernt hinter einigen dichten Büschen.

Max befühlte seine Beule am Hinterkopf und ging langsam zu seinem Auto. Er hatte zumindest erfahren, was er wissen wollte. Was der Kerl, der ihn niederschlug, damit bezweckte, war ihm ein Rätsel. Zumindest fehlte nichts von seinen Wertsachen. Sei es, wie es wolle, er würde jetzt erst einmal nach Hause fahren. –

Zur selben Zeit, als sich Max Hohenstern auf dem Heimweg befand, gab Jerome Tegel in die Maske der Internetseite *Traumtraum.com* dessen Daten und den Wunsch nach einem Traum über eine Fahrt mit einer Segeljacht über die Ostsee ein.

Als Max sich dann am Abend schlafen legte, träumte er diesen Traum. Kaum aber war der zu Ende, da starb auch er an einem Herzinfarkt. Die Seite *Traumtraum.com* aber ging noch in derselben Nacht vom Netz, sodass heute kaum noch jemand davon zu berichten weiß.

Der Wechsler

Ich stand unter der Dusche, mit dem Rücken zum Spiegel. Irgendwie fühlte ich mich merkwürdig, und mir war so früh am Morgen noch nicht klar, warum. Ich schaute über meine Schulter auf meinen Rücken. Da aber wurde mir schlagartig klar, dass ich mich seit gestern Abend total verändert hatte. Dieses Tattoo eines Adlers auf meiner rechten Schulter zum Beispiel hatte ich gestern noch nicht gehabt. Und ich war etwa zwanzig Zentimeter größer gewesen als heute Morgen. Und dünner, bestimmt zehn Kilo leichter. Und lange Haare hatte ich gehabt, schwarze lange Haare, nicht so eine Halbglatze wie heute.

Ich drehte mich ganz um, da war mir klar, was gestern Abend, genauer gesagt, gestern Nacht, geschehen war. Wieder war ich von jemandem umgebracht worden und in seinen Körper geraten, wie bereits mehrmals zuvor. Ich konnte es auch an meinem neuen Gesicht im Spiegel erkennen. Der Mann, der mich gestern in seinem Auto mitgenommen hatte, sah genauso aus, ich konnte mich genauestens erinnern.

Heute also hatte meine Seele die nächste neue körperliche Identität angenommen. Wie hatte mich dieser Mann getötet, dessen Körper mir nun so gar nicht gefiel? Insbesondere sein Alter und dieses blöde Tattoo gingen mir auf die Nerven. Ich wusste ums Verrecken nicht, wie der schönere Mann, den er und damit nun ich getötet hatte, zu Tode gekommen war.

Ich trocknete mich ab und zog mich an. Vielleicht würde ich in dieser Hotelsuite, zu der das Bad gehörte, eine Antwort auf meine Frage finden. Im Nebenzimmer lag er. Nackt. Allein im zerwühlten Bett auf der linken Seite. Überall war Blut. Ein langes, scharfes Messer lag auf dem Boden. Soviel also zu dieser Tat.

Aber einige andere Fragen, die mich nun schon Jahre beschäftigten, kamen mir siedend heiß ins Bewusstsein. Wie konnte ich das beenden? Immer wieder umgebracht. Immer wieder im Körper des Mörders weiterleben. Und warum musste ich das immer wieder tun?

Ich wollte jemanden ins Vertrauen ziehen. Aber wen? Wer konnte mir sagen, warum ich immer wieder umgebracht wurde und dann im Körper des Mörders weiterlebte? Ich überlegte fieberhaft, aber mir fiel niemand ein, den man so etwas fragen konnte. Ob man diese Folge von Morden und Weiterleben durch einen Selbstmord beenden konnte? Sicher, das könnte eine Möglichkeit sein, aber eventuell auch nicht. Und mich selber töten? Konnte und wollte ich das?

Ich verließ zunächst einmal eilig das Hotel und fuhr in meinem Wagen – nun war er meiner, der große Audi – weit fort, um nicht auch noch für den Mord zur Rechenschaft gezogen zu werden, den ja immer noch der andere, der jetzt ich war, verübt hatte.

Ich fuhr durch verschiedene Bundesländer, genauer gesagt, vom Süden in den Norden der Republik, bis ich schließlich in einer größeren Stadt ankam, die auch eine Universität beherbergte.

Nicht, dass ich genau gewusst hätte, welches Wissen dort über Leute wie mich existierte, wenn überhaupt etwas existierte, aber ich hatte mich immer an den Orten des Wissens und der Forschung wohl gefühlt und fühlte mich deshalb von Universitätsstädten angezogen. Und es war weit genug von der Leiche entfernt, die ich bis gestern noch gewesen war, bevor...!

Ich parkte im Parkhaus am Campus der Geisteswissenschaften und stieg aus dem dritten Stock zum Campus hinab. Dort waren viele junge Leute unterwegs, und da das Wetter gut war, waren auch die Sitzgelegenheiten rundherum gut besetzt. Ich schlenderte ein Stück über den Rasen bis ich an einer Bank ankam, auf der nur ein älterer Mann saß – vielleicht ein Dozent – und die somit weiteren Menschen Platz bot.

Ich fragte, ob ich mich setzen dürfe. Der Mann nickte. Er legte das Buch beiseite, in welchem er gerade gelesen hatte und betrachtete mich von oben bis unten. Dann sagte er: „Professor Nix, wenn es recht ist. Und Sie heißen?"

Ich hatte im Auto die Brieftasche meines Mörders mit Pass und Führerschein gefunden. Er hieß Klaus Marvel. Also antwortete ich: „Klaus Marvel!"

Der Professor reichte mir die Hand. Dann fragte er weiter: „Sie kommen nicht aus unserer Stadt, oder irre ich mich?"

„Aus Koblenz!", gab ich zur Antwort, denn mein Mörder kam tatsächlich aus Koblenz.

„Und Sie sind nicht zufällig hier, wie ich weiß", sprach der Professor und lächelte sanft.

Ich war völlig überrascht. Er konnte nicht wissen, warum ich hier war, und welche Fragen mich beschäftigten. Sicher nicht! Ich schaute ihn an und fragte mich, ob ich tatsächlich gerade gehört hatte, dass er wisse, warum ich hier sei.

Er war ein kleiner, zierlicher Mann, etwa 60 Jahre alt, hatte volles graues Haar, dunkle Augen und einen Oberlippenbart. Seine Nase zierte eine Lesebrille mit silberfarbenem Gestell, und seine Zähne waren groß und etwas gelblich. Er lächelte mich an.

Um das Gespräch fortzusetzen, das von mir nun eine Weile unterbrochen worden war, fragte ich: „Sie sind Professor, haben Sie gesagt. Für welches Fach, wenn ich fragen darf?"

„Ich bin Professor für Literaturwissenschaften, Herr Marvel. Mein Spezialgebiet ist die Literatur des 16. und 17. Jahrhunderts. Deshalb weiß ich auch ziemlich genau, warum Sie hier sind wonach Sie eigentlich suchen."

Ich war völlig perplex. Also hatte ich mich vorhin doch nicht verhört, als er sagte, er wisse, dass ich nicht zufällig hier sei.

Der Professor schien zu ahnen, welche Gedanken mir gerade durch den Kopf gingen, und so sprach er weiter: „Ich könnte Ihnen vielleicht bei Ihrer Suche ein bisschen helfen, wenn Sie wollen, Herr Marvel. Sind Sie daran interessiert?"

Natürlich war ich interessiert, gar keine Frage. Ich nickte deshalb zustimmend mit dem Kopf.

„Gut!", sagte der Professor zufrieden und erhob sich von der Bank. „Dann folgen Sie mir bitte zu meinen Räumlichkeiten, die ganz in der Nähe der Universität gelegen sind. Dort will ich Ihnen etwas geben, das Ihnen weiterhelfen kann."

Er steckte sein Buch in die Jutetasche, die er aus der Jacke zog und ging voran, so schnell, dass ich ihm kaum folgen konnte. –

Wir gingen etwa zehn Minuten in östlicher Richtung, bis wir vor einem alten, efeuumsäumten Mehrfamilienhaus standen, das von einem romantischen, leicht verwilderten Garten umgeben war.

„Kommen Sie!", sagte Professor Nix und öffnete das Gartentor.

Wir betraten das Haus, wanderten durch ein dunkles Treppenhaus in den ersten Stock und kamen schließlich bei der Wohnung des Professors an. Zumindest stand sein Nachname auf dem Schild neben der Tür.

Wenn es noch eines Beweises bedurft hätte, dass der Professor allein lebte, so bekam ich ihn in seiner Wohnung, denn diese war ein typischer Single-Haushalt und nirgendwo gab es einen Hinweis auf irgendeinen weiteren Bewohner oder gar eine Bewohnerin.

„Hier hinein!", sagte mein Gastgeber und führte mich in einen Raum, dessen Seitenwände von Bücherregalen gesäumt wurden, in denen wohl Tausende von Büchern Platz fanden. Mitten im Raum stand ein riesiger Schreibtisch, auf welchem – welch Wunder – ebenfalls mindestens hundert zum Teil aufgeschlagene Bücher lagen. Hinter dem Schreibtisch stand ein bequemer Bürosessel und davor ein noch bequemerer Lehnsessel, auf den der Professor mit dem Zeigefinger der rechten Hand deutete, als er sagte: „Setzen Sie sich! Ich will uns nur schnell etwas zum Trinken holen."

Ich setzte mich hin, und der Sessel hielt, was er versprochen hatte. Er war superbequem. Zwei Minuten später kam Professor Nix mit einer Flasche Wasser und zwei Gläsern zurück, die er auf dem Schreibtisch platzierte. Er goss uns beiden etwas von dem Wasser ein, nahm im Bürosessel hinter dem Schreibtisch Platz und prostete mir zu. Wir tranken. Dann aber kam er zur Sache.

„Mein lieber Herr Marvel, ich weiß, dass Sie auf der Suche nach einer Möglichkeit sind, Ihr ständiges Ermordetwerden und das anschließende Weiterleben im Körper des Mörders zu beenden. Man nennt einen Menschen mit einem solchen Seelenleben einen Wechsler, weil seine Seele immer die Körper tauscht. Sie sind also ein Wechsler, von denen es in der Welt immer nur zwei oder drei gibt. Ich aber weiß einen Weg, wie Sie erfahren können, warum es dazu kam und wie Sie Ihre Seelenpein beenden. Dazu will ich Ihnen nun etwas geben."

Er stand von seinem Platz auf und ging zur einem der Regale links von seinem Sessel. Zwischen Büchern verborgen stand dort ein alter Autoatlas, den er hervorzog. Er blätterte eine Weile darin herum, bis er die richtige Karte gefunden hatte und legte den Atlas aufgeschlagen vor mir auf den Schreibtisch.

Mit dem Finger zeigte er auf einen kleineren Ort in der Nähe des Harzes, der den Namen Siris trug. Ich dachte noch, dass ein solcher Ortsname ungewöhnlich für unser Land war, als Professor Nix zu sprechen begann: „Mein lieber Herr Marvel! Dies ist das Örtchen Siris, ein kleiner Ort in Niedersachsen, der nur eine evangelische Kirche und darüber hinaus auf einer Anhöhe in seinem Norden eine kleine Kapelle besitzt. Diese Kapelle aber ist etwas ganz Besonderes, und Sie wird Ihnen bei Ihrer Suche sehr von Nutzen sein."

Ich war einigermaßen erstaunt über seine Worte und wartete gespannt darauf, dass er fortfuhr und mir erläuterte, was er damit meinte. Er ließ sich auch nicht lange bitten und sprach weiter: „In dieser Kapelle arbeitet ein Pfarrer, der die schwebenden Bücher von Siris behütet, deren Dienste Sie für Ihre Nachforschungen in Anspruch nehmen können."

Schwebende Bücher! Ich war baff. Und wie konnten sie mir bei meinen Fragen behilflich sein?

„Sie sind erstaunt", lächelte der Professor und setzte sich wieder auf seinen Platz. „Das habe ich erwartet. Aber lassen Sie mich zu Ende erzählen, dann sehen sie klarer, was es mit diesen Büchern auf sich hat."

Ich nickte ihm zu. „Nur zu, fahren Sie fort, Herr Professor!"

„In der Kapelle halten sich die schwebenden Bücher auf, das heißt, sie schweben dort unter der Decke. Wie viele es genau sind, weiß ich nicht, aber es werden wohl mehrere Hundert sein. Wenn man nun diese Bücher für seine Zwecke nutzen will, muss man sie bitten, dorthin zu schweben, wo sie die Informationen bekommen, die man haben will."

„Sie schweben zu einem Ort, wo sie erfahren, was man wissen will?"

„Und nicht nur das. Wenn Sie den Ort gefunden haben, wo darüber gesprochen wird, was der Fragesteller erfahren möchte, setzen sie sich dort zu anderen Büchern in ein Regal oder einen Bücherschrank. Dort geschieht mit ihnen das für uns Menschen Unfassbare. Die Seiten der Bücher sind, wenn sie losschweben, völlig leer und unbeschrieben. An dem Ort, wo sie die Gespräche derjenigen anhören, die die

Fragen des Aussendenden beantworten können, werden sie wie von Geisterhand mit den Antworten beschrieben, die sie dann zum Fragesteller zurückbringen, indem sie wieder in ihre Kapelle schweben."

„Aber wer weiß denn zum Beispiel über die Antworten auf meine Fragen Bescheid, und wo hält sich derjenige zurzeit auf?", fragte ich erstaunt.

„Die Bücher suchen die Orte auf, an denen sich die Geister der Personen aufhalten, die das entsprechende Wissen haben, und sie belauschen diese Geister bei ihren Gesprächen. Immer dann, wenn sich eines der Bücher mit einer bestimmten Fragestellung in einem Raum befindet, wo sich diese Geister aufhalten – die Bücher wissen genau, welche Geister dieses Wissen haben und wo sie sich aufhalten – sprechen die entsprechenden Geister über die Fragen, deren Antworten das jeweilige Buch sammeln soll."

„Und warum weiß ein Geist über meine Fragen Bescheid und nicht ein lebendiger Mensch?"

„Ihre Verwandlung in einen Wechsler ist bereits etwa 470 Jahre her, wie ich weiß. Woher ich das weißt, werde ich Ihnen nicht verraten. Die Person, die Sie damals zu einem Wechsler machte, ist also schon lange tot. Nur ihr Geist lebt noch in der Welt, und diesen müssen Sie durch eines der schwebenden Bücher von Siris befragen lassen."

„Aber was muss ich tun, um die Bücher dazu zu bewegen, diesen Geist für mich zu befragen?"

„Das, werter Herr Marvel, wird Ihnen der Pfarrer der Kapelle mitteilen, wenn sie ihn danach fragen", antwortete der Professor und nahm einen Schluck Wasser.

Dann stand er wieder von seinem Platz auf und trat ans Fenster, um es zu öffnen. Ich sah noch einmal auf die Landkarte, um mir die Route nach Siris einzuprägen. Dann hörte ich ein leises Sausen. Als ich zum Fenster blickte, traute ich meinen Augen kaum. Der Professor war plötzlich verschwunden. –

Ich suchte ihn in der ganzen Wohnung, denn ich dachte, ich hätte nicht mitbekommen, wie er den Raum verlassen habe, aber ich fand ihn nirgendwo. Außerdem hatte ich auch das Gefühl, ich befände mich allein in der Wohnung.

Schließlich nahm ich die Karte mit und verließ die Räumlichkeiten des Professors. Ich stieg durch den Flur wieder nach unten, ging durch den Garten und ließ das Grundstück hinter mir, ohne mich umzuschauen.

Als ich eine Strecke von vielleicht fünfzig Metern gegangen war, sah ich mich endlich um. Aus der Ferne sah das Haus merkwürdig baufällig und verlassen aus.

„Da wohnt schon lange keiner mehr!" Diese Worte einer älteren Frau, die mir begegnete, schreckten mich aus meinen Gedanken hervor.

„Ich bin doch gerade bei einem der Bewohner namens Professor Nix gewesen und habe in seiner Wohnung mit ihm gesprochen", sagte ich dann.

„Mein guter Mann, binden Sie mir doch keinen Bären auf!", sprach die Alte und musterte mich argwöhnisch. „Der Professor lebte hier vor etwa einhundertzwanzig Jahren und hat bestimmt nicht gerade mit Ihnen gesprochen. Meine Urgroßmutter kannte ihn persönlich und hat mir als Kind von ihm erzählt. So lange ist das nämlich her."

Sie ging kopfschüttelnd an mir vorbei und brummelte so etwas wie „Witzbold", bis sie schließlich am

Grundstück des Hauses von Professor Nix vorbeige-
gangen und hinter einer Kurve der Straße verschwunden war.

Ich war völlig erstaunt. Der Professor hatte vor einhundertzwanzig Jahren hier gelebt? Entweder war
ich einen Schwindler aufgesessen, oder ich hatte mit
einem Geist gesprochen. Letzteres konnte nicht sein,
sodass mich wohl jemand getäuscht hatte. Oder etwa
nicht? Ich setzte mich auf eine Bank am Wegesrand
und überlegte. Sollte ich unter diesen Umstehenden
tatsächlich nach Siris fahren? Gab es die schwebenden
Bücher wirklich?

Ich war äußerst unsicher, bis ich mir sagte, dies
könne vielleicht die einzige Chance für mich sein, zu
erfahren, warum ich ein Wechsler war, und wie ich
von diesem Dasein erlöst werden konnte. Aber dieses
Wissen, dass ich jetzt hatte, wurde mir auch von dem
Professor vermittelt. War das wirklich die Wahrheit,
oder hatte Nix, oder wer auch immer er tatsächlich
war, Unsinn erzählt?

Ich entschloss mich schließlich, Nix zu glauben
und nach Siris zu fahren. Was blieb mir auch anderes
übrig? Eine andere Möglichkeit gab es nicht. –

Ich wanderte zum Campus der Universität zurück
und suchte das Parkhaus auf, in welchem mein Wagen stand. Kurz überlegte ich noch einmal, dann ließ
ich den Motor an und fuhr los.

Wenige Stunden später kam ich in Siris an und
schaute erneut auf die Karte, die ich von Professor
Nix – ich nannte ihn in meinen Gedanken immer noch
so – bekommen hatte. Im Norden auf einer Anhöhe
musste die kleine Kapelle liegen. Ich fuhr Richtung
Norden, und richtig, nach nur wenigen Kilometern

erhob sich ein Hügel, auf dessen Spitze die Kapelle stand.

Ich parkte auf einem von Schotter bedeckten Parkplatz, stieg aus meinem Auto und ging zum Tor der kleinen Kirche. In meiner Nähe war kein Mensch zu sehen. Ich öffnete das Tor und trat in einen Vorraum, der durch eine Wand mit einer Tür vom eigentlichen Gebetsraum getrennt war. Dort traf ich einen Mann, der wie ein evangelischer Pfarrer gekleidet war, mich begrüßte und ohne Umschweife fragte, warum ich gekommen sei.

„Ich habe gehört, dass in Ihrer Kapelle die schwebenden Bücher von Siris beheimatet sind, die man mit einer Frage aussenden kann, und die dann mit der entsprechenden Antwort zurückkehren."

„Das ist richtig, mein Herr", sagte der Pfarrer freundlich. „Aber hat man Ihnen auch gesagt, wie man die schwebenden Bücher losschicken kann?"

„Mein Informant sagte mir, ich solle Sie fragen", entgegnete ich.

Der Pfarrer nickte und sprach: „Ihr Informant hat die Wahrheit gesagt. Sehen Sie, dort…" – er zeigte auf ein aufgeschlagenes Buch, das auf einem Pult an einer Säule im Vorraum der Kapelle lag – „… das ist das Buch, mit welchem man die schwebenden Bücher bewegen kann, einen Dienst zu tun. Schreiben Sie Ihr Anliegen hinein, und schon wird eines der Bücher fortschweben und eine Antwort auf Ihre Frage suchen."

Ich dachte einen Moment nach. Der Professor hatte also nicht gelogen, und alles war so, wie er es gesagt hatte. Die Kapelle und die schwebenden Bücher gab es wirklich, und man konnte durch sie herausbekommen, was man wissen musste. Ich war erleichtert.

Dann nahm ich einen Stift zur Hand und schrieb in das besagte Buch, was ich wissen wollte.

Als ich fertig war, zog mich der Pfarrer in den Gebetsraum hinein und sagte: „Schauen Sie! Nun können Sie sehen, wie eines der Bücher sich Ihrer Sache annimmt und davonschwebt."

Ich sah über dem Altar die schwebenden Bücher, sicher zwei- oder dreihundert an der Zahl, die sich in der Luft bewegten und dabei mit ihren Buchdeckeln schlugen. Endlich konnte ich sehen, wie eins der Bücher durch ein geöffnetes Kirchenfenster davonschwebte.

Der Pfarrer geleitete mich wieder in den Vorraum der Kapelle und sprach: „So! Nun wird das schwebende Buch in Erfahrung bringen, was Sie wissen wollen. Kommen Sie in drei Tagen zur selben Zeit wieder. Dann werden Sie hören, was dieses Buch für Sie herausgefunden hat."

Ich bedankte mich und ging zu meinem Auto. Ich wollte mich im Ort einmieten und warten, was das Buch mir in drei Tagen erzählen konnte. –

Am dritten Tag frühstückte ich ausgiebig in meiner Pension. Anschließend bezahlte ich meinen Aufenthalt mit dem Geld, das ich im Portemonnaie des Mörders, also meinem Portemonnaie, gefunden hatte, immerhin fast sechshundert Euro. Dann stieg ich ins Auto und fuhr zu der Kapelle auf dem Hügel im Norden des Ortes.

„Guten Tag!", sagte der Pfarrer, als ich den Vorraum der Kapelle betrat. „Ich habe gute Neuigkeiten."

„Ist das schwebende Buch zurück?", fragte ich.

„Es ist vor etwa drei Stunden hier angekommen und wartet darauf, Ihnen zu berichten."

„Mir zu berichten? Wie soll das aussehen?", fragte ich erstaunt. „Ich dachte, ich muss nachlesen, was es herausgefunden hat."

„Es schwebt nun über dem Tisch in der Sakristei", antwortete der Pfarrer lächelnd. „Dort wird es uns Bericht über alles erstatten, was es für Sie aufgezeichnet hat. Kommen Sie, ich bringe sie zu ihm!"

Immer noch erstaunt folgte ich dem Pfarrer durch den Raum, in welchem sich die anderen schwebenden Bücher aufhielten, zur Sakristei, die dahinter gelegen war. Als wir eingetreten waren, sah ich das Buch unter der Decke schweben, das in meinem Auftrag unterwegs gewesen war.

Der Pastor schloss die Tür hinter sich und sagte zu mir, ich solle das Buch fragen, was es herausbekommen habe. Ich stellte also die entsprechende Frage, und das Buch begann, mit einer tiefen Stimme zu erzählen, was es auf seiner Reise erlebt und erfahren hatte, wobei es mit den Buchdeckeln wippte, als bewege es seinen Mund.

„Ich schwebte zur Burg Steinberg, die im Südosten des Harzes auf einem Felsen steht. Dort wart Ihr, Herr, früher ein adliger Mann und Burgherr, der sehr mit der Kirche und ihren Lehren verquickt und sehr fromm war. Wie es die damalige Zeit wollte, wurden in diesen Tagen – man schrieb wohl den Januar des Jahres 1550 – Hexen gesucht, verfolgt und verbrannt, außerdem Zauberer und Ketzer aller Art.

Auch in Eurem Dorf unterhalb der Burg gab es eine weise Frau, die mit Kräutern schwere Krankheiten heilte und mit allerlei anderem Wunderwerk den einfachen Männern und Frauen zu Diensten war. Da sich deshalb viele Menschen von der Kirche ab- und ihr zuwendeten, war sie dem Pastor des Dorfes ein Dorn im Auge, und er wandte sich an Euch mit der Bitte, sie als Hexe hinzurichten, denn dass sie eine Hexe sei, sei ohne Zweifel festzustellen.

Ihr glaubtet natürlich dem Vertreter der Kirche, denn dass von solchen Hexen große Gefahr ausging, war hinreichend bekannt, und zwar nicht nur für die Kirche, sondern auch für die Menschen von Stand und die gesamte Ordnung. Also gab Ihr Euren Leuten den Befehl, die Hexe festzusetzen, ihr durch die Folter ein Geständnis zu entreißen und sie dann oben in Eurer Burg öffentlich zu verbrennen.

Eure Schergen taten, was Ihr befohlen hattet, und als die weise Frau auf dem Scheiterhaufen stand, schleuderte sie Euch einen mächtigen Fluch entgegen, der Euch auf ewige Zeit zum Wechsler machte. Eure Seele sollte nie wieder zur Ruhe kommen und ewig in der Welt leben müssen, weil Ihr gegenüber dieser weisen Frau, die durchaus keine Hexe war, so unnachgiebig gewesen wart.

Ich war überrascht, was das schwebende Buch herausgefunden hatte und fragte an dieser Stelle: „Sage mir doch, wer dir diese Geschichte über mich erzählt hat!"

Das Buch fuhr fort: „Die weise Frau selbst, deren Seele einmal im Jahr mit anderen Seelen auf der Burg Steinberg zusammenkommt und dort ein rauschendes Fest feiert. Sie unterhielt sich in der Bibliothek der Burg, in welcher ich unerkannt auf sie wartete, mit der Seele einer anderen Frau, die ebenfalls weise gewesen war, aber Jahrhunderte später lebte und deshalb nicht als Hexe verfolgt und verbrannt wurde."

„Und sagte die weise Frau, die ich so abscheulich verfolgte und umbrachte auch etwas dazu, wie ich mein Wechslerdasein beenden kann?", fragte ich sehnsüchtig.

„Die andere weise Frau bemerkte, dass Ihr nur dann kein Wechsler mehr sein müsstet, wenn Ihr entweder einen Suizid beginget oder eines natürlichen Todes sterben würdet, bevor Euch der nächste Mörder tötete. Dies bejahte die erste weise Frau, die Ihr hinrichten ließet. Außerdem sagte sie, es gebe in dem südlichsten aller Alpentäler eine Spalte, deren Grund man von oben nicht erblicken könne. Wenn Ihr dorthin ziehen würdet, hättet Ihr eine Chance, Euer Wechsler-Sein zu beenden, ohne Euch selbst zu töten."

Mit diesen Worten beendete das schwebende Buch seinen Vortrag. Der Priester öffnete die Tür der Sakristei, und es schwebte hinaus in den Gebetsraum, wo es sich wieder zu den anderen gesellte.

Ich bedanke mich bei dem Pastor, spendete großzügig für die Armen und verließ die Kapelle. Wieder in meinem Auto sitzend, dachte ich über die ungeheure Geschichte des schwebenden Buches nach. Was für ein schlimmer Mensch musste ich einmal gewesen sein! Ich konnte es kaum glauben, aber es musste wohl der Wahrheit entsprechen. Ich würde das südlichste Tal der Alpen aufsuchen und mir die unendlich tiefe Spalte ansehen. Dies war offenbar meine einzige Chance außer eines Selbstmordes, den ich nicht begehen wollte, mein Wechslerdasein zu verlassen. Ich fuhr zur Tankstelle des Ortes um vollzutanken und mir einen aktuellen Autoatlas zuzulegen. Kaum eine Stunde später war ich auf der Autobahn in den Süden. –

Einen dreiviertel Tag später kam ich im südlichsten Alpental an. Ich begann – nachdem ich mich in einem kleinen Café gestärkt hatte – mit der Suche nach der Spalte, die so tief sein sollte, dass man ihren Grund vom oberen Rand aus nicht sah. Kreuz und quer fuhr ich durch das Tal, sah aber nichts dieser Art.

Als ich schon aufgeben und meine Suche auf den kommenden Tag verschieben wollte, da es bereits zu dämmern begann und sicher innerhalb der nächsten halben Stunde dunkel werden würde, musste ich meinen Wagen plötzlich scharf abbremsen, denn ich wäre damit fast in die Spalte hineingefahren.

Ich stieg aus dem Wagen, noch völlig in Aufregung wegen des beinahe tragischen Ausgangs meiner Suche und trat an den Rand der Spalte. Hui! Mir wurde heiß. Das Tageslicht reichte im Moment noch aus, um mehrere hundert Meter in den Spalt hineinzusehen und dabei zu bemerken, dass das Ende nicht zu sehen war, sondern nur ein dunkles, tiefer und tiefer reichendes Loch.

Da mir fast schwindelig, wurde, trat ich vom Rand der Spalte zurück und ging einige Schritte zum meinem Auto. Das konnte nicht sein! Wie sollte ich bei diesem Höllenloch auf eine Chance stoßen, meine Wechslerexistenz zu beenden, ohne mich selbst zu töten?

Als die einzige Möglichkeit, hier mein Wechslertum loszuwerden, erschien mir der Sprung in die Tiefe und damit der Selbstmord, denn am Ende würde ich in einem solchen Fall zerschmettert auf dem Boden der Spalte liegen, denn dass es einen solchen gab, dessen war ich mir sicher.

Ich holte eine Flasche Wein aus dem Kofferraum meines Wagens, die ich in einer Raststätte gekauft

70

hatte, schraubte sie auf und trank. Je mehr ich von dem Getränk zu mir nahm, desto ruhiger und fröhlicher wurde ich, und als die Flasche leer war, wurde ich müde. Ich setzte mich auf dem Beifahrersitz, kurbelte die Lehne herunter und döste vor mich hin. Eine Viertelstunde später war ich eingeschlafen. –

Ich schlief bis zum nächsten Morgen. Es schien ein sonniger und nicht allzu kalter Tag zu werden, und es brauchte einige Zeit, bis ich mich wieder an alles erinnerte, was vorgefallen war. Vor mir lag sie, die tiefe Spalte, bei der ich erfahren konnte, wie ich mein Wechslerleben ohne Selbstmord beendete. Ich stieg aus dem Wagen aus und ging noch einmal zum Rand der Spalte. Als ich hinabsah, konnte ich zwar weiter sehen, als gestern in der Dämmerung, aber den Grund der Spalte sah ich noch immer nicht. Teufel, war das tief!

Ich trat noch ein wenig weiter vor, um noch tiefer sehen zu können. Da passierte es! Ich trat auf einen losen Stein und stolperte. Sekundenbruchteile später fiel ich in den Spalt hinein. Ich schrie laut um Hilfe, obwohl mir nun sicher keiner mehr helfen konnte und fiel weiter nach unten. Endlich verlor ich das Bewusstsein. –

„Guten Morgen, Herr Marvel!", sagte eine bekannte Stimme.

Ich öffnete die Augen und sah in ein Gesicht, das so unscharf war, als sehe es mich durch eine milchige Nebelwand an.

Ich schrieb mir die Augen. Dann konnte ich klar sehen und erkannte… Professor Nix.

Mir fiel siedend heiß ein, dass ich in die Spalte gefallen war. Aber, zum Teufel, wo nur war ich gelandet? Ich sah mich um. Ich lag auf einem wunderbar grünen Rasen inmitten einer Menge von Löwenzahn. Die Sonne schien von einem gar nicht weit entfernten Himmel, es war warm und Bienen summten um mich herum. Vor mir stand der Professor und lächelte.

„Da sind Sie ja wieder!"

„Herr Professor, wo bin ich gelandet? Ist das schon das Jenseits? Ich kann mich erinnern, dass ich in die Spalte gefallen bin. Dann weiß ich nichts mehr. Was ist mit mir geschehen?"

„Wir befinden uns auf dem Grund der Spalte, in die Sie gefallen sind, Herr Marvel", gab der Professor zur Antwort.

„Und ich lebe?", fragte ich erstaunt.

„Sie leben! Und Sie sind aus einem bestimmten Grund hier."

„Und der wäre?", fragte ich und setzte mich auf.

„Ich will Ihnen etwas geben", entgegnete der Professor und hielt mir eine kleine Ampulle mit einer Flüssigkeit hin, die ich ihm abnahm.

„Was ist das für eine Flüssigkeit?"

„Wenn Sie bei Ihrem Auto ankommen, setzten Sie sich auf dem Beifahrersitz und machen Sie es sich bequem. Dann trinken Sie die Ampulle aus und warten, was geschieht. Auf diese Weise…! Aber ich will nicht mehr verraten. Tun Sie einfach, was ich gesagt habe, und warten Sie ab!"

Im selben Moment war Nix verschwunden. Ich stand von meinem Platz auf und traute meinen Augen kaum. Die Wiese mit dem Löwenzahn war verschwunden, kaum zwanzig Meter von mir entfernt stand mein Auto, und ich befand mich wieder am Rand der tiefen Spalte. Unbegreiflich! –

Ich ging also zum meinem Auto zurück, wie es der Professor gesagt hatte und setzte mich auf den Beifahrersitz, den ich ein wenig nach hinten kurbelte. Dann öffnete ich die Ampulle und lehrte sie auf einen Zug. Endlich lehnte ich mich in den Autositz zurück und schlief nach wenigen Augenblicken ein.

Was ich aber während meines Schlafes im Autositz träumte, war völlig unglaublich. Ich träumte nämlich die Geschichte von einer etwa vierzig Jahre alten Frau, die es in sich hatte. Es handelte sich um eine graue Maus, nicht besonders hübsch, nicht besonders klug und nicht sehr reich, die keinen Mann hatte, sich aber sehnlichst ein Kind wünschte.

Einmal träumte diese Frau, die übrigens Margarete hieß, sie gebäre ein Kind, obwohl sie noch nie mit einem Mann etwas gehabt hatte. Sie spürte die Wehen und den Schmerz bei der Geburt, sah die Hebamme, wie sie das Kind aus ihrem Leib holte und hörte die ersten Schreie des Kindes. Als sie am nächsten Morgen zu Hause aufwachte, war da jedoch nirgendwo ein Kind.

An dieser Stelle sah ich Professor Nix in meinem Traum, und er sagte, ich solle nun genau aufpassen, was mit dieser Frau und ihrem Sohn geschehe.

In der nächsten Nacht träumte Margarete davon, wie sie ihr Kind stillte und seine Windeln wechselte, die sie im Mülleimer entsorgte. Als sie nun am nächsten Morgen aufwachte, war da zwar immer noch kein Kind, aber sie fand, als sie nachschaute, eine benutzte Windel in ihrem Mülleimer.

Sie träumte anschließend noch mehrere Nächte von ihrem Kind, das in jedem dieser Träume etwa fünf Jahre älter war, als in der Nacht zuvor. Beim ersten Mal träumte sie, das Kind habe seinen Teller und seinen Becher beim Abendessen zerschlagen, weil es das Essen nicht gemocht habe.

Am nächsten Morgen fand sie Scherben eines Tellers und eines Bechers im Müll. Beim dritten Mal, als das Kind, ein Junge übrigens, dem sie den Namen Benjamin gegeben hatte, fünfzehn Jahre alt war, träumte Margarete, er habe sein eigenes Radio auf den Boden geworfen und zerstört, weil sie ihn wegen einer schlechten Arbeit in der Schule ausgeschimpft habe.

Das zerstörte Radio des Jungen fand sie am nächsten Morgen im Sperrmüll vor der Haustür. Nur der Junge war nirgendwo zu sehen.

Endlich träumte Margarete, Ben sei erwachsen, werde zum Verbrecher und töte einen anderen Mann mit einer Schusswaffe. Als sie am nächsten Morgen aufwachte, war Benjamin wieder nirgendwo zu finden, aber in der Tageszeitung wurde von seinem Mord berichtet.

In der Folgezeit träumte sie noch zwei weitere Male, ihr Ben töte einen anderen Menschen, aber anstatt ihres Sohnes fand sie jedes Mal nur die Zeitung in ihrem Briefschlitz, in welcher über die neuerlichen Morde berichtet wurde.

Schließlich hielt sie es nicht mehr aus, ihren kleinen Ben morden zu sehen, und als sie wieder träumte, er bereite einen neuen Mord vor, versuchte sie, ihren vermeintlichen Sohn an der Tat zu hindern. Als sie ihm in diesem Traum jedoch in den Weg trat und ihm die Pistole wegnehmen wollte, erschoss er erst sie und dann sein nächstes Opfer.

Am nächsten Morgen klingelte ein Mann, der den Zählerstand des Wassers in ihrer Wohnung ablesen wollte. Als Margarete nicht kam und ihn einließ, rief er die Polizei, weil er dachte, es müsse etwas mit ihr geschehen sein.

Die Polizisten fanden sie leblos in ihrem Bett liegend vor und verständigten den Notarzt. Dieser stellte fest, dass sie in der Nacht an einem Herzinfarkt verstorben war. Außerdem ordnete er eine Untersuchung durch die Gerichtsmedizin an, die dann herausbekam, dass Margarete schwanger war, und das im vierten Monat, obwohl sie noch nie mit einem Mann geschlafen hatte. Das Kind in ihrem Leib, ein Junge, war natürlich auch nicht mehr zu retten.

Im selben Moment, als der Rechtsmediziner diese Dinge einem Polizisten verkündete, wachte ich selber auf, weil jemand mit Macht an die Beifahrertür meines Autos klopfte. Ich schaute verschlafen auf und sah, dass der Professor an die Tür geklopft hatte.

Ich öffnete das Fenster, und er flüsterte mir zu: „Mein lieber Herr Marvel! Was Sie gerade in Ihrem Traum miterlebt haben, war die tatsächliche Geschichte der Mutter Ihres nächsten Mörders und seines eigenen Todes. Er wird Sie also künftig nicht ermorden können, sodass Sie diesmal eines natürlichen Todes sterben werden. Und was das bedeutet, wissen Sie!"

Als er dies gesagt hatte war der Professor sofort wieder verschwunden, was mich nicht sonderlich erstaunte. Allerdings war ich nun hellwach und richtig euphorisch, denn der Professor hatte soeben von etwas erzählt, was meine Seele endlich von ihrem Dasein als Wechsler befreite und ihr quasi die Erlösung schenkte.

Die Ankündigung von Professor Nix wurde dann auch Wirklichkeit, denn ich wurde bis zum heutigen Tag, meinem zweiundachtzigsten Geburtstag, nicht mehr ermordet und weiß, dass mir noch achtundvierzig Stunden verbleiben, die ich ohne einen Mord erleben werde. Ich danke euch, meine liebe Frau und meine Kinder und Enkelkinder, für ein erfülltes Leben und möchte mich heute von euch verabschieden.

Zwei Tage später verschied Klaus Marvel im Altersheim in den Armen seiner Frau Jenny. Sein Wechslerdasein hatte damit ein Ende und seine Seele…!

Aber das ist eine andere Geschichte.

Bauchschuss

I

Berich nahm seine Frau zärtlich in den Arm und küsste sie.

„Tschüss, mein Schatz, ich fahre zum Flughafen. Mein Flieger nach Berlin geht in einer Stunde. Pass gut auf unser Haus auf, bis ich zurück bin."

„Wann kommst du denn am Sonntag?", fragte Ines Berich und wollte ihn gar nicht ziehen lassen. „Ich backe einen Kuchen, wenn du kommst, damit du noch etwas vom Wochenende hast."

„Ich werde die Maschine nehmen, die um 16 Uhr in Frankfurt landet", erwiderte Hartmut Berich und löste sich aus ihren Armen. „Dann bin ich um 17 Uhr zu Hause."

Draußen fuhr das Taxi vor. Hartmut Berich nahm seinen Koffer und öffnete die Haustür.

„Also, bis dann, Liebes, habe eine schöne Zeit!"

Ines sah ihrem Gatten nach, der den Koffer im Kofferraum des weißen Mercedes verstaute und dann auf dem Beifahrersitz Platz nahm.

„Tschüss, Hartmut, und werde mir nicht untreu in der fremden Stadt."

Obwohl sie wusste, dass ihr Mann treu war, rief sie ihm diesen Satz nur so zum Spaß hinterher, denn sie neckte ihn gerne ein bisschen.

Nein! Da brauchte sie sich keine Sorgen zu machen. Hartmut war treu wie Gold, und er würde sicherlich für die Dauer der ganzen Dienstreise nicht einmal an eine andere Frau denken. Ganz sicher nicht.

II

„Hast du die vier Millionen, Schatz?", fragte Hartmut Berich seine Sekretärin, als er am Frankfurter Flughafen ankam und sie umarmte.

Sie hatte schon fünfzehn Minuten dort auf ihn gewartet. Ihr gemeinsamer Flieger ging in dreißig Minuten, und so hatten sie nicht mehr viel Zeit.

„Natürlich, Chef!", antwortete Sabine Heuer und salutierte scherzhaft vor ihm.

Dann zeigte sie auf die Aktentasche, die sie in der linken Hand trug, während sie mit der rechten einen Rollkoffer transportierte und gab ihm einen Kuss zur Begrüßung.

„Alles hier drin, Großer! Wie du es gestern von der Bank geholt hast. Komm, lass uns einchecken!"

Sie gaben ihre Koffer ab, und dann dauerte es nicht mehr lange, bis sie im Flugzeug saßen. Die Maschine nach Berlin hatte keine Verspätung. Am Nachmittag würden sie im Hotel ankommen.

Galant überließ Hartmut Berich seiner Geliebten den Fensterplatz und machte es sich selber neben ihr gemütlich. Er bat die Stewardess um einen Saft und bestellte für Sabine ein Wasser. Minuten später waren sie in der Luft und schauten sich Frankfurt aus der Vogelperspektive an. Wie schön war doch das Leben mit Sabine!

Und wie schön war es erst, wenn man dazu vier Millionen Euro besaß! Sie würden gleich am nächsten Morgen nach Rio weiterfliegen und dann in Brasilien ein Hotel kaufen. Sabine würde eine gute Chefin abgeben, und er würde sein Leben fortan an ihrer Seite genießen.

III

Am Nachmittag kam das Paar in Berlin an. Der Anschlussflug nach Rio würde am nächsten Tag um 10.30 Uhr stattfinden. Bis dahin konnten sie sich in Berlin noch eine schöne Zeit machen.

Sie fuhren mit dem Taxi zum Hotel Berger, wo sie ein Doppelzimmer für die kommende Nacht gebucht hatten und brachten ihre Koffer und die Aktentasche mit dem Geld in ihrem Zimmer unter. Die vier Millionen verstaute Hartmut vorsichtshalber im Zimmersafe.

Dann nahmen sie zusammen im hoteleigenen Restaurant eine warme Mahlzeit zu sich, ehe sie ein wenig in der Stadt bummeln gingen, denn die Berliner Geschäfte waren schon interessant, auch wenn Frankfurt der Hauptstadt eigentlich ebenbürtig war, zumindest was seine Einkaufsmöglichkeiten anging.

Gegen 18 Uhr kamen sie dann zurück ins Hotel, wo Hartmut sein Handy hervorzog, um Ines anzurufen und ihr zu sagen, dass er gut in Berlin angekommen war und bereits am nächsten Morgen auf dem Kongress erwartet werde.

Er telefonierte etwa eine halbe Stunde mit Frankfurt, und Ines schöpfte nicht den geringsten Verdacht. Sie wünschte ihm eine gute Nacht und für den Kongress alles Gute. Hartmut dankte ihr, grinste und beendete das Gespräch, während Sabine lauthals loslachte, als er ihr davon erzählte.

Dann bestellten sie sich eine Flasche Champagner auf das Zimmer, zogen sich aus und stellten sich gemeinsam unter die Dusche. Schließlich landeten sie im Doppelbett und liebten sich mehrmals voller Leidenschaft.

Endlich zog Hartmut seinen Bademantel an, den das Hotel gestellt hatte, stand auf und goss den Rest von dem Champagner, den sie nicht ganz geleert hatten, in ihre Gläser. Er gab Sabine einen Kuss auf die nackte Schulter und reichte ihr ein Glas.

„Auf uns, Schatz, und auf unser Hotel in Brasilien", sagte Sabine und trank den Champagner in einem Zug aus.

Hartmut nickte ihr zu und trank ebenfalls. Dann sagte er: „Es ist toll, dass die Auflösung meiner Steuerrechtskanzlei in Frankfurt vier Millionen gebracht hat. Ich hatte ursprünglich nur mit zweieinhalb Millionen gerechnet. Nun können wir schon ein ganz ansehnliches Hotel kaufen."

„Und Ines hat nun gar nichts mehr?", fragte Sabine, die natürlich nicht ernsthaft Mitleid mit der Frau ihres Geliebten hatte.

„Sie kann unser Haus in Frankfurt verkaufen", antwortete Hartmut. „Es dürfte etwa siebenhunderttausend Euro bringen. So hat sie etwas zum Leben und wird nicht gerade verhungern. So gut wie wir beiden wird sie allerdings nicht leben können."

Sabine lächelte und fasste ihm in den Schritt.

„Komm, Schatz! Einmal können wir noch!"

Sie stellten ihre Gläser auf einem Nachttischchen am Bett ab und liebten sich erneut, bis sie schließlich völlig erschöpft nebeneinander einschliefen.

IV

Hartmut begann zu träumen. In seinem Traum landete er zusammen mit Sabine und dem Geld in Rio. Sie checkten zunächst in einem Hotel ein. Dann wollten sie in einer Bar etwas trinken, nahmen aber den Aktenkoffer mit dem Geld mit, denn es war ihnen zu gefährlich, ihn unbewacht im Hotel zu lassen. Einen Zimmersafe gab es nicht.

Sie setzten sich in den Außenbereich einer Bar und bestellten kalte Getränke, denn es war doch recht heiß in Rio. Dort tranken sie und unterhielten sich, bis der Abend kam. Endlich machten sie sich auf den Rückweg zum Hotel, wo sie die Nacht verbringen wollten, ehe sie sich am nächsten Tag ein Auto mieten und das Umland erkunden würden.

Als sie aber auf dem Weg zum Hotel waren, folgten ihnen plötzlich drei junge Männer. Hartmut zog den Aktenkoffer näher an sich heran, und sie gingen schneller. Die jungen Männer erhielten Schritt. Es war offensichtlich, dass sie es auf Hartmut und Sabine abgesehen hatten.

Bald kamen sie in eine heruntergekommene Gegend. Es waren noch gut zehn Minuten zu Fuß bis zum Hotel. Die jungen Männer verschärften nun das Tempo. Hartmut und Sabine gingen ebenfalls schneller. Bald hätten die Männer sie eingeholt.

Da begannen sie zu laufen, um den Männern zu entkommen. Aber diese ließen sich nicht abschütteln. Hartmut in Sabine liefen wie um ihr Leben, aber es nutzte ihnen nichts. Die jungen Männer waren sportlicher als sie und holten immer mehr auf.

Endlich blieb Hartmut stehen, um sich den Verfolgern entgegenzustellen. Er gab Sabine den Aktenkoffer und ballte die Fäuste. Die Männer blieben in circa zehn Metern Entfernung ebenfalls stehen.

Da zog einer von ihnen eine Pistole aus dem Hosenbund und schoss auf Hartmut. Dieser spürte einen schlimmen Schmerz in der Bauchgegend und fiel auf der Stelle zu Boden. Er fasste sich an den Bauch und fühlte, dass warmes Blut aus der Wunde drang. Plötzlich war er ohnmächtig.

V

Als Ines Berich am nächsten Morgen in ihrem Frankfurter Haus erwachte, traute sie ihren Augen kaum. Neben ihr in ihrem Ehebett lag ihr Mann, der doch gerade in Berlin sein sollte und sie gestern von dort angerufen hatte.

Plötzlich stieß sie einen lauten Schrei aus. Sie hatte gerade gesehen, dass das Blut ihres Mannes die ganze Bettdecke rot gefärbt hatte. Zitternd schlug sie die Decke zurück und entdeckte eine Schusswunde am Bauch, aus welcher das Blut ausgetreten war.

Sie versuchte, ihren Mann zu wecken, aber der rührte sich nicht. Er atmete auch nicht. Sie fühlte an seiner Halsschlagader nach einem Lebenszeichen. Nichts! Hartmut war tot!

Völlig außer sich rief sie die Polizei und den Rettungsdienst. Sie konnte sich nicht erklären, was mit Hartmut geschehen war. Der Mediziner fand heraus, dass er an einem Bauchschuss mit einer Pistole gestorben war, und die Polizei, die nirgendwo die Tatwaffe fand, stellte Schmauchspuren an Ines Berichs rechter Hand fest. –

Zur selben Zeit frühstückte Sabine Heuer im Hotelrestaurant in Berlin, den Aktenkoffer mit den vier Millionen Euro auf dem Stuhl neben sich. Als sie fertig war, bezahlte sie ihre Hotelrechnung, verließ das Hotel und ging zur Spree. Dort entsorgte sie die Pistole, mit welcher Hartmut Berich erschossen worden war. Dies war eine reine Vorsichtsmaßnahme, denn wer würde schon seinen Mörder in Berlin suchen?

Schließlich nahm sie sich ein Taxi zum Flughafen, wo ihr Flieger nach Buenos Aires eine Stunde später abhob. Ines Berich aber wurde aufgrund der Spuren, die die Polizei an ihr und in ihrem Schlafzimmer gefunden hatte, wegen Mordes an ihrem Ehemann zu lebenslänglicher Haft verurteilt, obwohl sie immer wieder ihre Unschuld beteuerte.

Vondraths Träume

I

„Sie sehen in diesem Kostüm todschick aus, Frau Oberst", sagte der Schneider, als sich die junge Frau in seinem Spiegel betrachtete.

„Ich finde auch, dass Sie das ganz ausgezeichnet hinbekommen haben, Herr Vondrath, es geht doch nichts über Maßanfertigung."

Felicitas, die junge Gattin von Oberst Steingut, war nicht umsonst von der Arbeit des Schneiders Vondrath angetan, denn in dem neuen, handgefertigten blauen Kostüm sah sie ausgesprochen sexy aus. Der Schneider würde gewiss nicht der einzige Mann sein, dem sie in diesem neuen Kleidungsstück gefiel, aber sie gefiel sowieso sehr vielen Männern, auch in anderer Kleidung, da sie jung und ganz besonders hübsch war, was die Männerwelt natürlich nicht übersah.

Aber dies wusste Felicitas Steingut auch, und sie genoss es sichtlich, von den Männern überall begehrlich angeschaut zu werden, wo sie sie trafen. Sie zog das blaue Kostüm wieder aus und ließ es sich von Herrn Vondrath einpacken. Danach zahlte sie den nicht unbeträchtlichen Preis bar und verließ beschwingt das Geschäft des Schneiders, um in der Stadt noch ein paar Besorgungen zu machen.

Hannes Vondrath jedoch ergriff eine gewisse Vorfreude auf die Nacht, als er seine Kundin verabschiedete und sein Geschäft für den heutigen Abend schloss. Das würde sicherlich ein Genuss werden! Ein Hoch auf seinen Spiegel!

II

Hannes Vondrath schaute am Abend noch eine Weile fern, trank eine Flasche Wein dazu und legte sich erst nach 23 Uhr ins Bett, denn er war durch und durch ein Genießer. Etwa eine halbe Stunde später schlief er ein, um nun begann das, was sein Spiegel immer dann inszenierte, wenn eine junge, hübsche Frau sich darin angeschaut hatte.

Der Schneider träumte nämlich in der folgenden Nacht, die junge Frau besuche ihn, lege sich zu ihm ins Bett und schlafe mit ihm, jedes Mal ein Traum, den Vondrath bis ins letzte Detail auskostete. Er hatte diesen Spiegel vor Jahren auf einem Trödelmarkt für wenig Geld erworben und schon sehr bald festgestellt, welche Wonnen er Ihm bescherte.

Auf diese Weise verbrachte er unzählige Liebesnächte mit den schönsten Frauen, und das Gute daran war, dass diese Frauen davon offensichtlich nicht das Geringste mitbekamen, denn noch nie hatte eine von ihnen nach seiner Traumnacht mit ihr irgendetwas gesagt oder sich gar bei ihm beschwert. Also konnte er diese Nächte in vollen Zügen genießen, ohne dass danach die Reue kam, und er vermutete stark, dass all diese Frauen, mit denen er in seinen Träumen Sex hatte, von diesen Träumen seinerseits nichts wussten und selber etwas ganz anderes in diesen Nächten träumten als er. –

Natürlich ließ ihn der Spiegel auch in dieser Nacht nicht im Stich, und Vondrath genoss in den folgenden Stunden eine rauschende Liebesnacht mit Felicitas Steingut. Am nächsten Morgen wachte der Schneider gut gelaunt und voller Tatendrang auf und machte sich an die Herstellung des Kleides der Fabrikantenfrau Gellers, das er vor drei Tagen vermessen hatte.

Aber obwohl sich Hannes Vondrath schon nach kurzer Zeit kaum noch an die vergangene Nacht erinnerte, hatte diese Nacht Folgen, die auch ihn selbst betrafen.

III

Felicitas Steingut empfing Wochen später ihre Freundin Anneke zum Kaffee bei sich zu Hause. Anneke merkte sofort, dass etwas nicht stimmte, als die Freundin sie ins Wohnzimmer führte, aber da Felicitas ihr immer alles erzählte, vermutete sie auch diesmal, sehr bald von dem Grund für ihre Unruhe zu hören und wartete ab. Als die Gastgeberin Kaffee eingeschenkt hatte, räusperte sie sich und sagte: „Anneke, Schatz, ich habe da ein Problem."

„Raus damit!", forderte die Freundin.

„Ich habe seit mehr als einem Monat meine Tage nicht bekommen, obwohl…!"

„Ich nehme an, dein Mann ist noch immer in Afrika bei seinen Leuten, und du warst ihm treu, oder irre ich mich da?", unterbrach Anneke ihr Gegenüber.

„So ist es, Anneke", antwortete Felicitas, und man konnte bemerken, dass sie unsicher war. „Deshalb kann ich das nicht verstehen. Zum meinem Hausarzt habe ich mich bisher nicht getraut, weil ich befürchte, ernsthaft krank zu sein."

„Hast du einen Schwangerschaftstest im Haus?", fragte Anneke. „Ernsthaft krank kannst du in deinem Alter und mit deiner tollen Konstitution sicher nicht sein, das glaube ich nicht."

„Aber schwanger kann ich auch nicht sein, oder?"

„Mach einfach mal den Test, und dann sehen wir weiter", sagte Anneke beruhigend und dachte bei sich, dass es bei einer solch hübschen Frau wie ihrer

Freundin durchaus einmal zu außerehelichen Kontakten kommen konnte.

Felicitas ging kurz ins Schlafzimmer und machte dort tatsächlich einen Schwangerschaftstest, den sie immer für alle Fälle parat hatte. Als sie nach dreißig Minuten nachschaute, traute sie ihren Augen kaum. Sie war tatsächlich schwanger und musste bereits seit einigen Wochen in diesem Zustand sein.

„Ich bin wohl doch schwanger, was soll ich denn nur Tom sagen, wenn er es erfährt", fragte sie völlig außer sich ihre Freundin.

Ihr Mann Tom würde in etwa einem halben Jahr zurück nach Deutschland versetzt werden, und vorher hätten sie nur über das Internet Kontakt.

Anneke dachte eine Weile nach. Dann sagte sie, sie wolle kurz ungestört telefonieren, nahm ihr Handy, ging in den Flur und schloss die Tür hinter sich. Zehn Minuten später kam sie zurück, steckte ihr Handy wieder in die Handtasche und sagte: „Liebes, ich habe gerade mit einer Nonne telefoniert, die immer einen Rat weiß. Ich habe sie durch Freunde kennen gelernt, und sie hat mir schon mehrmals helfen können. Sie scheint einen Draht nach oben zu haben."

„Sag schon, was hat sie gesagt?", fragte Felicitas, die den Tränen nahe war.

„Du sollst die Kirche St. Josef in der Stadtmitte aufsuchen. In einer Nische an der Seite steht eine Marienstatue. Davor stehen einige Bänke für die Gläubigen. Du sollst dich dort hinsetzen, die Augen zumachen, beten und warten, bis etwas Ungewöhnliches geschieht. Hast du alles verstanden?"

Felicitas hatte genau verstanden, und obwohl sie nicht viel von Kirche, Nonnen und Glauben hielt, beschloss sie, zu tun, was Anneke ihr aufgetragen hatte.

Schaden konnte es nichts, und sie klammerte sich an alles, was die Chance der Hilfe in ihrer schlimmen Situation bot.

IV

Zwei Tage später am Nachmittag betrat Felicitas die Kirche St. Josef in der Stadtmitte. Sie trug ein Kopftuch, das ihre wunderschönen langen Haare verdeckte und einen langen Mantel, der ihre knackige Figur verschleierte. Als sie die Kirche betrat, sah sie sich um und entdeckte etwa zwanzig Meter entfernt die Nische mit der Marienstatue, vor welcher die Gläubigen einige Kerzen angezündet hatten.

Sie ging auf die Nische zu und setzte sich in die erste Bankreihe vor der Statue, öffnete ihren Mantel und faltete die Hände. Dann schloss sie die Augen, wie es ihr ihre Freundin gesagt hatte und begann zu beten.

Einige Momente später – sie hatte um sich herum keinen Laut vernommen – spürte sie, wie sie auf die Wange geküsst und etwas Schweres in ihren Schoß gelegt wurde. Im Nu öffnete sie die Augen, aber es war niemand zu erblicken. In ihrem Schoß jedoch lag ein Gesangbuch, dessen erste Seite aufgeschlagen war.

Felicitas schaute genauer hin. Auf der aufgeschlagenen Seite war ein Stempel zu sehen mit dem Namen Dr. Dunja Heise, Gynäkologin und der Adresse der Ärztin. Sie staunte. Bald aber hatte sie sich wieder gefasst und beschloss, die Ärztin in ihrer Praxis aufzusuchen. Vielleicht konnte diese ihr bei ihren Problemen helfen. –

Als Felicitas am nächsten Tag in Dr. Heises Sprechstunde auftauchte und dieser das Gesangbuch übergab, das man ihr in der Kirche in den Schoß gelegt hatte, fragte die Ärztin: „Und was kann ich für Sie tun, Frau Steingut?"

Felicitas erzählte ihr von ihrer geheimnisvollen Schwangerschaft und dem Problem, das wegen der Abwesenheit von Tom entstanden war.

„Dieses Problem können wir lösen", sagte Dunja Heise und bereitete eine Ultraschalluntersuchung der Patientin vor.

Als sie diese durchgeführt hatte, sagte sie zu Felicitas: „Sie sind in der sechsten Woche. Wollen Sie wissen, ob Ihr Kind gesund ist?"

Felicitas nickte.

„Soweit ich sehen kann, ist Ihr Kind sehr gut dabei."

Felicitas dachte, ein Kind habe sich Tom immer gewünscht. Aber unter diesen Umständen…?

Dr. Heise schien ihre Gedanken zu erahnen.

„Machen Sie sich keinen Kopf, Frau Steingut! Kommen Sie in zwei Wochen wieder zum Ultraschall, und dann sehen wir weiter!"

V

Als Felicitas zwei Wochen später zur Ultraschalluntersuchung in Dr. Heises Praxis kam, staunte sie nicht schlecht. Das Kind, das auf dem Monitor zu sehen war, hatte sich in keiner Weise verändert. Die Ärztin schmunzelte, als ihre Patienten dies verwundert bemerkte und sagte dann: „Sie sind immer noch in der sechsten Woche, und das werden Sie bleiben, bis Ihr Mann sechs Wochen von seinem Auslandseinsatz zurück ist. Erst dann wird Ihr Kind weiter wachsen und schließlich zum richtigen Zeitpunkt geboren werden."

Felicitas traute ihren Ohren kaum. Das wäre ja zu schön um wahr zu sein! Aber konnte sie so etwas glauben?

Wie vereinbart, ging sie alle zwei Wochen zur Ultraschalluntersuchung bei Frau Heise, und es war so, wie es ihr die Gynäkologin gesagt hatte. Ihr Kind wuchs nicht, und sie blieb immer in der sechsten Woche, bis Tom wieder bei ihr war. Kaum war er da, schlief sie mit ihm und teilte ihm sechs Wochen später mit, sie sei schwanger. Er war außer sich vor Freude, und sie gingen gemeinsam zur Praxis Dr. Heise, um einen Ultraschall machen zu lassen.

Als sie aber ins Behandlungszimmer gerufen wurden, war Felicitas plötzlich zutiefst verwirrt. Die Ärztin, die ihr entgegentrat, war eine völlig andere als die Ärztin, die sie zuvor so lange behandelt hatte. Und sie schien Felicitas auch zum ersten Mal zu sehen. Was war da geschehen? Und würde die Untersuchung…?

Aber es gab kein Problem. Die andere Gynäkologin führte die Untersuchung durch und sagte, Felicitas sei in der sechsten Woche. –

Seit dieser neuerlichen Untersuchung bei der neuen Dr. Heise wuchs aber das Kind weiter. Etwa dreieinhalb Monate später erfuhr Tom, dass seine Frau einen Jungen bekam und war überglücklich. Nach insgesamt neun Monaten brachte Felicitas tatsächlich einen gesunden Jungen zur Welt, den die Eltern Benjamin nannten. Dass das Kind, je älter es wurde, immer mehr dem Schneider Hannes Vondrath ähnlich sah, bemerkte Tom dabei nicht, und er und seine Frau waren glücklich, dass die Sache sich so entwickelt hatte, wenn auch aus unterschiedlichen Gründen.

Einen Monat vor der Geburt von Benjamin Steingut jedoch wurde in die Wohnung von Hannes Vondrath eingebrochen und der Schneider dabei erschlagen. Die Polizei fand DNA-Spuren des Täters am Tatwerkzeug, einen Aschenbecher, an der Leiche und an den Stücken des bei dem Einbruch zerschlagenen Spiegels, welcher nicht nur dafür gesorgt hatte, dass Vondrath schöne Träume erlebte, sondern ab und zu auch für ein Kind von ihm, von dem er nichts wusste, mit welchem die Mütter aber meist nicht solche Probleme hatten, wie Felicitas Steingut.

VI

Obwohl Benjamin Steingut in einem Haus aufwuchs, in dem Bildung großgeschrieben wurde und auch Geld genug vorhanden war, um ihn zu unterstützen, entwickelte sich der Junge gar nicht positiv.

Er war zwar sehr begabt, wie all seine Erziehungspersonen immer wieder bestätigten, aber er war ein rechter Tunichtgut. Er ärgerte vom Kindergartenalter an alle Personen, mit denen er zu tun hatte, und seine Taten, an denen nur er selber Spaß hatte, wurden immer brutaler und gemeiner, je älter er wurde.

So kam es dann am Ende dazu, dass er keinen Schulabschluss bekam, keiner regelmäßigen Arbeit nachging, eine Reihe von Frauen ausbeutete und einige von ihnen auch schwängerte, ohne sich für seine Kinder dann verantwortlich zu fühlen.

Er geriet mehr und mehr auf die schiefe Bahn, klaute zuerst kleinere Sachen, dann Autos, beschaffte sich eine Waffe und überfiel schließlich Geschäfte, bis er verhaftet und eingesperrt wurde.

Bei seiner Verhaftung nahm man Fingerabdrücke, fotografierte ihn und zwang ihn auch zu einer DNA-Probe. Da kam heraus, dass es seine DNA war, die man vor langer Zeit am Körper des ermordeten Schneiders Vondrath und der damaligen Tatwaffe gefunden hatte.

Allerdings konnte Benjamin damals nicht der Täter gewesen sein, denn er war zur Zeit dieses Verbrechens noch nicht geboren. Der zuständige Kommissar verbrachte einige Stunden damit, über diese Umstände nachzudenken. Lösen konnte er das Problem jedoch nicht.

Die Insel der ewigen Nacht

I

In einer kleinen Stadt im Lande Nom lebten einst der junge Mann Bojan und das junge Mädchen Saraja. Die beiden waren seit zwei Jahren ein Paar und glücklich miteinander.

Als der Herbst kam, die Bäume bunt machte und die Tage kürzer, wurde Saraja in einer kalten, regnerischen Nacht krank, so krank, dass Bojan Angst hatte, sie werde sterben.

Er brachte sie mit dem Wagen zum Arzt des Städtchens, dem die Bewohner vertrauten, weil er seine Kunst sehr gut beherrschte und viele von ihnen gesund machte, wenn es möglich war.

Der Arzt hieß Doktor Awend, und er untersuchte Saraja sofort, als Bojan sie in seine Praxis brachte.

„Könnt Ihr sie heilen, Doktor?", fragte Bojan ungeduldig, als der Arzt mit seiner Untersuchung fertig war. „Ich mache mir große Sorgen um sie."

Der Arzt runzelte die Stirn und überlegte eine Weile. Dann antwortete er dem jungen Mann folgendermaßen: „Mein lieber Junge! Deine Geliebte ist krank, so schwer krank, dass ich ihren Tod nur noch eine Weile hinauszögern kann, wenn ich ihr bestimmte Medikamente gebe."

Bojan wurde aschfahl im Gesicht und fragte: „Kann man ihren Tod denn nicht mehr verhindern?"

Der alte Doktor lächelte.

„Es gibt tatsächlich einen einzigen Menschen auf dieser Welt, der deine Freundin heilen kann. Es ist nur so, …!"

93

„Welches Problem gibt es dabei?", rief der junge Mann aufgeregt. „Ich werde alles tun, um es zu beseitigen."

„Bei dem Menschen, der Saraja retten könnte, handelt es sich um die Priesterin Malika vom Tempel der Insel der ewigen Nacht."

„Sagt schon, Doktor, was ist das Problem? Ich will es lösen, damit Malika meine Saraja heilt."

„Ich weiß nur das. Wer von Malika Hilfe bekommen möchte, muss die Herrschaft der Dunkelheit auf ihrer Insel beenden. Kehrt dort der Tag wieder ein und mit ihm das Licht der Sonne, so wird Malika dem, der dies bewirkt hat, jeden Wunsch erfüllen, den er hat."

„Und warum ist Malika die einzige Person, die meine Liebste retten kann?"

„Saraja ist von einem bösen Dämon besessen, der ihren Tod will", antwortete der Arzt. „Malika aber besitzt als Priesterin die Kraft, diesen Dämon aus Sarajas Seele zu vertreiben. Hilf Malika, und sie wird deiner Freundin helfen. Aber beeile dich. Lange können meine Tabletten Saraja nicht mehr vor dem Tode retten."

„Und wie finde ich die Insel der ewigen Nacht?", fragte der junge Mann.

„Geh zu den Fischern, deren Boote in unserem Hafen an der Küste liegen", entgegnete Doktor Awend. „Jeder von ihnen hat bestimmt schon mindestens einmal in der Nähe dieser Insel gefischt, denn die Gewässer in ihrer Umgebung sind sehr reich an Fischen und anderen Meeresfrüchten. Für wenig Geld wird dich sicher einer dieser Fischer zur Insel bringen."

„Danke, Doktor, ich mache mich sofort auf den Weg", sagte Bojan eifrig.

Dann brachte er Saraja zu ihrer Mutter, die sich in seiner Abwesenheit um sie kümmern würde, besorgte die Tabletten, die der Arzt aufgeschrieben hatte, nahm etwas Geld mit und machte sich auf den Weg zum Hafen der Fischerboote, der etwa zwei Tagesreisen entfernt an der Küste lag.

II

„Die Insel der ewigen Nacht?", fragte der Fischer, der gerade im Hafen von Nom angelegt hatte. „Natürlich kenne ich sie. Ich habe schon oft dort gefischt. Es gibt dort reichlich Meeresfrüchte und Fisch. Es lohnt sich."

„Würdest du mich dorthin bringen?", wollte Bojan wissen. „Ich werde dich auch gut dafür bezahlen."

„Drei Goldstücke kostet dich das", sagte der Fischer. „Hast du so viel Geld?"

Bojan zeigte ihm drei Goldstücke, die er in seiner Geldbörse hatte und nickte. „Kein Problem für mich."

„Dann steig ein!", forderte der Fischer und zeigte auf sein Boot. „Ich fahre sofort los." –

Etwa eine Stunde später hatten sie, da der Wind ihnen eine gute Fahrt bescherte, die Insel erreicht. Allerdings konnte man von außen nicht sehen, dass auf der Insel ewige Nacht herrschte.

„Ist das überhaupt die richtige Insel", fragte Bojan deshalb zweifelnd. „Der Himmel über ihr sieht so hell aus, wie hier bei uns. Ich denke, dort herrscht die ewige Dunkelheit?"

„Ich weiß nur, dass alle, die von dieser Insel reden, ihr den Namen *Insel der ewigen Nacht* geben. Außerdem sagen alle, dass man, ist man einmal da, sie nicht wieder verlassen kann. Mehr weiß ich auch nicht. Gibt mir nun die drei Goldstücke, und ich werde dich in meinem kleinen Beiboot zum Ufer der Insel bringen."

Obwohl Bojans Zweifel noch immer nicht so ganz ausgeräumt waren, beschloss er, dem Fischer zu vertrauen und gab ihm die Goldstücke. Daraufhin ließ dieser sein Beiboot zu Wasser und brachte ihn zum Ufer der Insel. Wenige Meter vom Ufer entfernt bedeutete der Fischer Bojan, nun das Boot zu verlassen und durch das nur noch knietiefe Wasser zum Strand zu waten.

„Ich hoffe, du hast mich nicht betrogen", sagte Bojan, tat dann aber doch, was der Fischer verlangt hatte.

Kaum jedoch hatte er den Strand der Insel betreten, da umgab ihn die Dunkelheit der Nacht, die man vom Wasser aus nicht hatte sehen können, denn dort war es heller Nachmittag gewesen. Dies also war tatsächlich die Insel der ewigen Nacht, deren Geheimnis er nun lüften musste.

III

Als Bojans Augen sich an die Dunkelheit gewöhnt hatte, machte er sich auf den Weg, die Insel zu erforschen und eine Möglichkeit zu finden, den ewigen Rhythmus von Tag und Nacht, den es in der übrigen Welt gab, auch dort wiederherzustellen.

Er wanderte einige Stunden über die Insel und stellte dabei fest, dass sie recht groß war, denn sie barg Wälder, Felder, Ebenen und sogar Berge, und ihr Ende war für ihn noch lange nicht sichtbar. Er marschierte eine Weile am Waldrand entlang und schreckte dabei einige Tiere auf, die sich dort aufhielten. Endlich gelangte er an das Ende des Waldes. Als er bei den letzten Bäumen stehen blieb, hörte er ganz in der Nähe den Ruf eines Kauzes. Er blickte nach oben und konnte dort einen kleinen Waldkauz auf dem Ast eines Baumes sitzen sehen, der sich gegen das Licht des Mondes abhob.

Der Waldkauz schrie noch einmal und sprach dann plötzlich zu Bojan: „Sieh da, ein fremder Mensch! Was führt Euch auf diese Insel der Verdammten? Freiwillig seid Ihr doch sicher nicht hergekommen!"

„Mein Name ist Bojan, und ich bin durchaus freiwillig hergekommen. Ich suche nach einer Möglichkeit, den Wechsel von Tag und Nacht auf dieser Insel wiederherzustellen, sodass es hier wieder so ist, wie in der ganzen übrigen Welt."

„Und warum wollt Ihr dies tun?", fragte der kleine Kauz.

„Ich habe eine Freundin, deren Namen Saraja ist", gab Bojan zur Antwort. „Sie ist von einem Dämon besessen, und nur Malika, die Priesterin des Tempels dieser Insel, kann sie davon heilen. Nun ist es aber so, dass Malika nur dem helfen wird, der auf eurer Insel den Rhythmus von Tag und Nacht wiederherstellt, und deshalb suche ich nach einer Möglichkeit, dies zu tun. Sag mir, kleiner Waldkauz, weißt du einen Weg, wie ich erreichen kann, was ich will?"

„Wisst Ihr, Fremder, ich selbst würde mir wünschen, dass es auf unserer Insel nach jeder Nacht wieder Tag wird, denn ich könnte dann tagsüber endlich wieder schlafen, was ich schon seit Jahren nicht mehr kann", erwiderte der Kauz. „Nun aber zu der Frage, warum hier die ewige Nacht herrscht und die Sonne nicht mehr zu sehen ist. Dies hat den folgenden Grund: Auf unserer Insel lebt ein böser Magier. Er wohnt in seiner Burg auf dem Satansberg am anderen Ende der Insel und konnte bisher von keinem ihrer

Bewohner bezwungen werden. Dieser Magier, der den Namen Rasso trägt, hat dereinst Streit mit Malika und ihrer Familie bekommen und im Rahmen der Auseinandersetzung ihren Mann Tudor getötet. Malika wurde deshalb sehr traurig und weinte sich die Augen aus, und der Gott, dessen Priesterin sie ist, holte für unsere Insel die Sonne vom Firmament, sodass fortan die ewige Nacht herrschte. Es geht die Sage, dass der Retter unserer Insel ein junger Mann sein wird, der aus dem Lande Nom zu uns kommt. Er wird erfahren, was er tun muss, um Tag und Nacht auf dieser Insel wiederherzustellen."

Bojan bedankte sich bei dem kleinen Kauz für seine Auskünfte und geriet ins Grübeln. War er selbst der Retter, auf den die Leute von dieser Insel warteten?

IV

Bojan erreichte das andere Ende der Insel nach der Zeit von etwa drei Tagen und Nächten, wobei er dies nicht ganz genau sagen konnte, da es auf der Insel immer finster blieb. Als er sein Ziel erreicht hatte und auf einer kleinen Anhöhe stand, konnte er einen schwarzen Berg sehen, auf welchem sich eine düstere Burg erhob. Das musste der Satansberg mit der Burg des bösen Rasso sein. Auf der Ebene in der Nähe des Berges konnte Bojan auch das Dorf der Menschen sehen, die noch auf der Insel lebten.

Er machte sich auf den Weg zum Dorf der Inselbewohner. Er musste in Erfahrung bringen, ob diese Leute wussten, wie er seine Mission erfüllen und seine Freundin Saraja retten konnte. –

Als Bojan das Dorf erreicht hatte, kamen die Menschen, die dort lebten, ihm schon entgegen, denn es war nahezu eine Sensation für sie, dass ein Fremder ihr Dorf besuchte. Nachdem er ihnen von seiner Herkunft und seinen Absichten erzählt hatte, führten sie ihn zu einem erleuchteten Haus, in welchem ihr Bürgermeister lebte. Sie berichteten diesem von Bojan, und er ließ den Fremden hereinbitten.

„Ihr wollt also dafür sorgen, dass es bei uns wieder Tage und Nächte gibt, wie früher", sprach der Bürgermeister, als Bojan bei ihm ankam. „Aber wie wollt Ihr dies erreichen?"

„Ich weiß auch nicht genau, wie ich das erreichen kann", gab Bojan zu.

Der Bürgermeister streichelte seinem etwa sieben Jahre alten Töchterchen, dass neben ihm stand, über die Haare und sagte: „Das ist Sanja, sie ist leider stumm. Was aber Eure Frage angeht, so habe ich eine Idee. Ich besitze ein Buch, das mir einst eine gute Fee anvertraut hat. Es hat nur leere Seiten und heißt ‚Das Antwortbuch'. Die Fee sagte, wenn der Richtige für die Lösung eines Problems dort eine Frage hineinschreibt, so wird er die entsprechende Antwort erhalten."

„Gebt mir dieses Buch, und ich will es versuchen", forderte Bojan. „Vielleicht bin ich der Richtige für die Lösung dieses Problems und erhalte Antwort auf meine Frage."

Der Bürgermeister holte das Antwortbuch herbei. Bojan schrieb die Frage hinein, wie er wohl den Rhythmus von Tag und Nacht auf der Insel wiederherstellen könne. Als er jedoch die Frage auf eine der leeren Seiten des Buches geschrieben hatte, erhielt er zunächst keine Antwort. Die Seiten blieben stattdessen leer. Verzweifelt blätterte Bojan hin und her, aber nichts geschah. Endlich gab er dem Bürgermeister das

Buch zurück und sagte: „Ich bin wohl doch nicht der richtige Mann, um dieses Problem zu lösen."

Da aber begann Sanja, das Töchterchen des Bürgermeisters, auf einmal zu sprechen. Sie sagte: „Der fremde Mann muss auf dem Kissen von Rasso schlafen. Dann wird er erfahren, was er tun muss, um unsere Insel zu retten."

Der Bürgermeister nahm Sanja in den Arm, und er und alle anderen waren fassungslos, dass diese sprechen konnte. Als sie sich endlich beruhigt hatten, sprach der Bürgermeister zu Bojan: „Die Vögel unserer Insel helfen uns und beobachten Rasso und alles was er tut. Sie haben vor wenigen Minuten Bericht erstattet, und ich kann sagen, dass der Moment günstig ist. Rasso befindet sich zur Zeit nicht in seiner Burg, sondern am anderen Ende der Insel. Von dort wird er wohl erst in einigen Tagen zurückkehren. Einige meiner Leute kennen einen geheimen Weg, auf dem sie in seine Burg und wohl auch in sein Schlafzimmer gelangen können. Sie werden sein Kopfkissen entwenden und durch ein täuschend ähnliches Kissen ersetzen. Der Tausch wird ihm wohl nicht auffallen. Ihr sollt dann auf dem Kissen des Tunichtguts schlafen. Vielleicht haben wir Erfolg und können den Unhold so beseitigen. Was haltet Ihr von diesem Plan?"

Bojan gab dem Bürgermeister seine Einwilligung, und dieser sandte zwei ausgewählte Männer zur Burg des Magiers, um den Kissentausch vorzunehmen. –

Einige Stunden später kehrten die Männer zurück. Sie hatten Erfolg gehabt und das Kissen des Unholds ausgetauscht. Bojan, der von den letzten Strapazen recht müde war, ließ sich im Haus des Bürgermeisters sein Bett zeigen und legte sich dann dort auf dem Kopfkissen des Bösewichts schlafen.

V

Zuerst schlief er eine Weile traumlos. Dann aber träumte er, wie er über dem bösen Zauberer und einem Skelett, die beide auf Pferden dahinritten, in der Luft schwebte. Die beiden schienen um die Wette zu reiten, wohin, das war noch nicht abzusehen.

Schließlich kamen sie in der Nähe eines alten, verfallenen Tempels an. Sie holten aus ihren Pferden das letzte heraus. Endlich hatte das Skelett als erster den Tempel erreicht und sprang von seinem Pferd. Bojan konnte durch das verfallene Gemäuer sehen, dass das ewige Licht auf dem Altar, also die Kerze, die ewig brennen musste, brannte. Kaum aber hatte das Skelett den Tempel betreten, da blies es die Kerze aus, und im selben Moment zerfiel der Magier zu Staub. Das Skelett aber war danach verschwunden.

Kaum war dies geschehen, da erwachte Bojan schweißgebadet auf seinem Lager. Er stand auf und fragte den Bürgermeister nach dem Weg zur Tempelruine, die er in seinem Traum genau gesehen hatte und ihm und den Dorfbewohnern deshalb gut darstellen konnte. Dann bat er um ein Pferd für sich und ritt eilig davon. –

Mehrere Stunden später war er bei der Ruine angekommen, und alles war so, wie in seinem Traum. Die Ruine sah genauso aus, wie er sie gesehen hatte, und auch das ewige Licht auf dem Altar war erloschen. Da aber, wo der böse Magier zu Staub zerfallen war, befand sich der Grabsteininschrift zufolge das Grab von Malikas Mann Tudor.

Einer Eingebung folgend entzündete Bojan das ewige Licht auf dem Altar mit einem Streichholz, das er immer in der Tasche hatte. Kaum aber war dies geschehen, da bewegte sich die Erde auf dem Grab von Tudor. Endlich reckten sich Gliedmaßen daraus hervor, zuerst ein Arm, dann der zweite Arm und der Kopf und schließlich der ganze Körper eines Mannes. Als der Körper aus dem Grab hervorgekrochen war, war er gänzlich bekleidet und völlig unversehrt.

Es handelte sich um einen Mann mittleren Alters. Dieser schüttelte den Lehm des Grabes von sich, holte tief Luft und grüßte Bojan mit einem Kopfnicken.

Dann sprach er: „Du bist mein Retter! Ich bin der Mann der Priesterin Malika und lebe nun erneut. Sobald sie in mir ihren Gatten erkennt, wird sie wieder glücklich sein und die ewige Nacht auf unserer Insel ist zu Ende. Würdest du mich zu ihr begleiten?"

Bojan nickte. Als Tudor aber zu ihm ging, sah er in einen Spiegel, der im Tempel hing. Da war er völlig außer sich.

„Ich bin gar nicht mehr derselbe. Ich sehe ganz anders aus, als vor meinem langen Schlaf in diesem Grab. Wir müssen fürchten, dass Malika mich nicht erkennt und nicht glauben kann, dass ich es bin. Was tun wir nur?"

„Lass es uns ausprobieren!", forderte Bojan. „Vielleicht haben wir Glück."

Tudor, der in seinem Inneren daran zweifelte, dass Malika ihn als ihren Mann erkennen würde, gab Bojan recht. Sie mussten ihr Glück versuchen und es ausprobieren. Eine andere Möglichkeit gab es nicht. So machten sich die beiden auf den Weg zu Malikas Tempel.

VI

Als Bojan und Tudor bei Malikas Tempel angekommen waren, suchten sie die Priesterin zuerst in
Tempel selbst, wo sie sich gerade aber nicht aufhielt.

„Sie wird in ihren privaten Räumlichkeiten sein,
die hinter den Tempel gelegen sind", sagte Tudor und
bedeutete Bojan, ihm zu folgen.

Als sie schließlich die Räume Malikas erreicht hatten, sahen sie sie an einem Tisch sitzen, wo sie gerade
ihr Abendbrot zu sich nahm. Tudor widerstand dem
Drang, seine Liebste zu umarmen, trat auf sie zu und
begrüßte sie.

„Wer seid ihr, und was wollt ihr von mir?", fragte
die Priesterin traurig.

„Ich bin Bojan aus dem Lande Nom, und dies hier
ist Tudor, dein Gatte, der gerade, wie ich selbst sehen
konnte, aus seinem Grabe in die Welt zurückgekom-
men ist. Du kannst dir sicher denken, warum wir zu
dir kommen, wenn du dies weißt."

„Dieser Mann ist nicht Tudor", sagte Malika voller
Zweifel. „Er sah ganz anders aus und ist seit Jahren
tot und begraben. Ich bitte euch, lasst die schlimme
Vergangenheit ruhen und erinnert mich nicht an diesen schmerzlichen Verlust. Geht jetzt und macht nicht
noch Witze auf Kosten meiner armen Seele."

„Ich habe es dir gesagt", sagte Tudor leise zu Bojan,
als Malika voranging um sie aus ihren Räumen zu ge-
leiten. „Sie erkennt mich nicht."

Fast verzweifelt nickte Bojan und folgte seinem Gefährten und dessen Frau in den Flur. Als die drei jedoch den Flur erreicht hatten, kamen sie an mehreren
Spiegeln vorbei, die dort nebeneinander aufgehängt
waren. Malika schaute im Vorbeigehen hinein und

blieb plötzlich abrupt stehen. Sie hatte sich und Tudor, der kurz hinter ihr ging, im Spiegel gesehen und war im gleichen Augenblick völlig elektrisiert. In ihrem Spiegel neben ihr selbst sah Tudor nun nämlich tatsächlich so aus, wie er früher ausgesehen hatte. Malika schaute zuerst Tudor an und danach noch einmal in den Spiegel. Es gab keinen Zweifel. Der Fremde neben ihr sah im Spiegel genauso aus, wie ihr Mann ausgesehen hatte. Sie fiel ihm um den Hals und nahm ihn in die Arme.

Im selben Moment änderte Tudor auch außerhalb des Spiegels sein Aussehen und sah nun in der Realität so aus wie im Spiegel. Malika konnte ihr Glück nicht fassen, nahm ihn an den Händen und tanzte mit ihm im Flur herum.

Erst Minuten später gewann sie ihre Fassung wieder und sprach mit Tudor und Bojan darüber, wie es hatte geschehen können, dass Tudor ins Leben zurückgekehrt war. Bojan berichtete ihr von den Dingen, die er erlebt hatte. Malika bat Bojan, in ihren Räumen zu übernachten. Als jedoch der nächste Morgen anbrach, erschien zum ersten Mal seit langen Jahren die Sonne wieder am Himmel über der Insel.

Die Bewohner der Insel feierten ein Fest, das drei Tage und drei Nächte dauerte, und Malika und Tudor genossen freudig ihr Glück. Endlich kam der Tag des Abschieds, an welchem Bojan die Insel verlassen wollte. War es nicht möglich gewesen, die Insel wieder zu verlassen, als dort die ewige Nacht herrschte, so konnte nun jeder ohne Schwierigkeiten dorthin und zurück gelangen.

Malika aber gab Bojan einen Trank mit auf die Reise, den er Saraja verabreichte, als er wieder zu Hause war. Als diese davon getrunken hatte, konnte er beobachten, wie aus ihrem Munde eine kleine Raupe hervorkam, die sich verpuppte. Bald kroch dann aus der Puppe ein Schmetterling, der im Nu davonflog. So verließ der Dämon Sarajas Körper und kam nie wieder.

Am Ende kann niemand sagen, wessen Liebe stärker war und länger hielt, die von Bojan und Saraja oder die von Malika und Tudor.

Vater und Sohn

I

Martha hatte schon sehr viel getrunken, als sie beschloss, noch in eine andere Bar zu gehen. Leicht schwankend verließ sie das Dodd' s und ging zum Harlekin, das etwa fünfhundert Meter weiter in derselben Straße gelegen war.

Als sie eintrat, war die Bar brechend voll, und es dröhnte lauter Rock' n Roll durch den Besucherraum, in welchem fast alle Plätze besetzt waren und außerdem noch viele Leute, vor allem Männer, an der Theke standen.

Martha suchte sich auch einen Platz an der Theke und bestellte einen Whiskey-Cola, ihren zehnten an diesem Abend. Sie trank, um Henry zu vergessen, ihren Ex-Mann, von dem sie gerade geschieden worden war, und den sie noch immer liebte.

Sie schaute sich um. Ein großer, gutaussehender Kerl mit breiten Schultern und vollen braunen Haaren, der neben ihr an der Theke saß, prostete ihr zu. Er war ebenfalls angetrunken und schien sich für sie zu interessieren. Zwei Whiskey-Cola später trank Martha mit ihm Brüderschaft. Dann wollte Joe, so hieß der Fremde, mit ihr tanzen. Nach einer langsamen Melodie tanzten sie eng umschlungen.

Als sich das Harlekin langsam leerte, verließen auch sie Arm in Arm das Lokal und knutschten lange und heftig vor der Tür. Endlich gingen sie weiter bis zu einem Hotel, das ganz in der Nähe lag. Joe bezahlte für sie beide ein Doppelzimmer, und sie stiegen ins erste Stockwerk hinauf. Oben öffnete Joe die Tür, und Martha ließ sich sofort aufs Bett fallen.

Joe küsste sie erneut lange und intensiv, bevor er begann, sie auszuziehen. Sie half mit, und dann kam Joe an die Reihe. Schließlich wälzten sie sich im Bett herum, bis Joe zum Höhepunkt kam. Martha legte sich anschließend auf den Rücken und holte Luft. Minuten später war sie eingeschlafen.

II

Als Martha am nächsten Morgen verkatert aufwachte, war Joe nicht mehr da. Außerdem merkte sie sofort, dass mit ihrem Körper etwas nicht stimmte. Sie hatte über Nacht einen Bauch bekommen, als sei sie im neunten Monat schwanger.

Das konnte doch nicht sein! Plötzlich spürte sie, wie etwas von innen gegen ihre Bauchwand trat. Das war doch nicht wirklich ein Baby? Und das in einer Nacht?

Sie suchte ihre Sachen zusammen, die im ganzen Bett verstreut waren. Gott sei Dank hatte sie am gestrigen Abend eine weite Bluse angehabt, die sie jetzt auch über ihren Bauch ziehen konnte. Als sie mit dem Anziehen fertig war, überlegte sie eine Weile. Dann kam sie zu dem Schluss, zuerst einmal ein Krankenhaus aufzusuchen und dort von einem Gynäkologen ihren Bauch untersuchen zu lassen.

Mühsam stieg sie die Treppe hinab. Hinter dem Tresen des Hotels stand jetzt eine ganz andere Frau als am Abend zuvor. Sie sagte, es sei alles bezahlt, und wenn sie wolle, könne Martha noch Frühstück bekommen. Diese aber bat die Frau, ihr sofort ein Taxi zu rufen, mit welchen sie zur nächsten Klinik fahren wollte.

Zehn Minuten später saß sie im Wagen und wurde zur Sankt Josephs Klinik gebracht. –

„Das Baby wird in wenigen Tagen da sein", sagte der junge Arzt, nachdem er Martha gründlich untersucht hatte. „Aber das wissen Sie ja sicher. Es ist alles in Ordnung. Der Junge ist kerngesund. Überhaupt kein Grund zur Sorge."

Das Kind würde in wenigen Tagen geboren werden. An Abtreibung war also nicht mehr zu denken. Wenn sie dem jungen Arzt doch erzählen könnte, wie sie zu dem Kind gekommen war. Aber würde das etwas ändern? Wohl kaum! Sie musste das Kind bekommen. Also ergab sie sich in ihr Schicksal. Sie hatte ja noch die Möglichkeit, den Jungen in die Babyklappe zu legen. Völlig in Gedanken verabschiedete sie sich von dem Arzt und fuhr mit der U-Bahn nach Hause.

III

Wenige Tage später schenkte Martha einen gesunden Jungen das Leben, wie es der junge Arzt vorausgesagt hatte. Sie entband in einer Klinik, blieb dort noch zwei Tage zur Beobachtung und fuhr anschließend mit ihrem Kind in ihre eigene Wohnung.

Kaum aber waren die beiden dort angekommen und Martha hatte den Jungen, den sie David nannte, zum ersten Mal in ihrer Wohnung gestillt, da wuchs David in wenigen Stunden zu einem erwachsenen Mann heran, der noch dazu genauso aussah, wie sein Vater Joe.

Martha traute ihren Augen kaum, als sie dieses erneute Wunder sah. David aber verließ seine Mutter noch am selben Abend und suchte sich selbst in den nächsten Tagen in der Stadt eine Wohnung und einen Arbeitsplatz. Da er ein stattlicher Mann und völlig gesund war, nahm ihn die Armee gern, als er sich bewarb, und so lebte er als Soldat und verdiente recht gut, bis er eines Tages seinen Vater Joe in der Stadt sah.

David versuchte, seinen Vater zu sprechen und folgte ihm eine Weile durch verschiedene Viertel, doch es gelang ihm nicht, ihn zu erreichen. Zwanzig Minuten später hatte er ihn dann verloren und rieb sich verwundert die Augen. Dieser Mann war offensichtlich sein Doppelgänger, wie es wohl keinen weiteren geben konnte. Seine Mutter hatte ihm erzählt, dass sein Vater ihm auf das Haar gleiche, aber dass die Ähnlichkeit so frappierend sein würde, hatte er dann doch nicht geglaubt. Er würde sich bemühen, ihn erneut aufzustöbern und mit ihm zu sprechen. Dies interessierte ihn brennend. –

Wenige Tage später geschah zum ersten Mal etwas, das ihm nun ständig passieren sollte. David war mit seinen Kameraden auf einen 15-Kilometer-Marsch mit Sturmgepäck, als ihm plötzlich schummrig wurde und er sich fühlte, als habe er zu viel Alkohol konsumiert. Er musste den Marsch abbrechen, weil er nicht mehr sicher auf den Beinen und völlig berauscht war. Als er zu Hause in den Spiegel sah, waren seine Pupillen geweitet, als habe er Drogen zu sich genommen.

Er schlief seinen Rausch aus, dessen Herkunft er sich nicht erklären konnte. Zwei Tage später, er befand sich gerade mit seiner Freundin in einem Café, hatte er erneut die Symptome eines Rausches, obwohl er nicht einen Schluck Alkohol zu sich genommen hatte, da er noch fahren musste. Er ließ sich von seiner besorgten Freundin zu einem Arzt fahren, der ihn auf Drogen und Alkohol testete. Er hatte tatsächlich 2,4 Promille.

Diese Anwandlungen suchten ihn von nun an ständig heim, bei der Arbeit, in seiner Freizeit, abends im Bett und immer aus heiterem Himmel, ohne dass er Alkohol oder Drogen zu sich genommen hatte.

Als David allerdings selber einmal auf einer Feier viel getrunken hatte, war er stocknüchtern und merkte überhaupt nichts von seinem Bierkonsum. Dieses Phänomen begleitete ihn von nun an ebenfalls, und er hatte keine Ahnung, wie solches mit ihm geschehen könnte.

Schließlich besprach er die Sache mit einem Kameraden, der sich mit übersinnlichen Erscheinungen beschäftigte, wie David wusste. Dieser Kamerad verwies ihn an eine alte Frau, die offenbar den Ruf hatte, eine Zauberin zu sein.

David suchte sie in ihrer Wohnung auf, nachdem er sich per Mobiltelefon angemeldet hatte. Sie ließ sich erzählen, wer er war, aus welcher Familie er stammte, wo er lebte und was er beruflich machte, und dann legte sie ihm die Karten.

Schließlich sagte sie, die Karten hätten ihr das Folgende offenbart: Er sei ein ganz besonderer Mensch und auf ganz besondere Weise mit seinem Vater verbandelt, der ebenfalls ein ungewöhnlicher Zeitgenosse sei. Dies aber äußere sich auf merkwürdige Weise. Immer wenn sein Vater etwas trinke, einen Joint rauche oder Pillen schlucke, bekäme David den zu erwartenden Rausch, und umgekehrt sei das genauso. Dieser Zauber werde beide Zeit ihres Lebens begleiten, bis einer von ihnen sterbe. Sollte jedoch einer von ihnen durch Gewalt aus dem Leben scheiden, wobei es egal sei, ob ihm ein anderer oder er selbst sich diese Gewalt antue, so gehe der Zauber sogar soweit, dass an seiner Statt der andere sterben müsse.

David war völlig außer sich, als die Zauberin ihm dies erzählt hatte, zahlte für ihre Dienste und verließ eilig ihre Wohnung. Was nur sollte er nun tun?

IV

Er unternahm zunächst nichts und lebte sein Leben weiter wie bisher. Er heiratete seine Freundin, zeugte mit ihr zwei Töchter und baute vom Gehalt, das er bei der Armee als Offizier verdiente, ein Haus.

Dennoch ließen ihn die Worte der Zauberin nicht los, und er wurde nach wie vor betrunken oder berauscht, wenn sein Vater trank oder Drogen nahm um blieb selbst nüchtern, wenn er selber etwas trank. So vergingen einige Jahre, bis David eines Tages einen schlimmen Gedanken hatte. Was war dann, wenn sein Vater erfuhr, was für ein Zauber ihn und seinen Sohn begleitete und auch die Möglichkeit erkannte, den anderen durch einen Selbstmord zu beseitigen. Oder was mochte geschehen, wenn sein Vater eines Tages Opfer eines Mordes wurde?

Diese Gedanken zogen David von nun an ständig durch den Kopf, und er konnte sich kaum noch auf etwas anderes konzentrieren.

Als er wieder einmal wach lag und darüber nachdachte, schmiegte sich seine Frau fest an ihn und schlief dann in seinen Armen weiter. Da wusste er plötzlich, dass er ihr und seinen Töchtern zuliebe etwas tun musste. Wenige Augenblicke später war sein Entschluss gefasst. Er würde etwas tun, was ihn ein für alle Mal von seiner Last befreite. Und er würde es sehr schnell tun, schon in den nächsten Tagen. –

Drei Tage später fuhr David nach seinem Dienst mit dem Aufzug in das vierzigste Stockwerk eines Hochhauses in seiner Stadt. Als er den Aufzug dort oben verließ, hatte er keinen Blick für die Schönheit der Stadt, die man von dort aus ganz übersah.

Eilig ging er zu einem Fenster und öffnete es. Dann schaute er nach unten. Das würde reichen. Ganz sicher! Er schwang seinen Körper über den Rahmen aus dem Fenster und sprang in die Tiefe. Als er fast unten war, sahen ihn die Passanten fallen und schrien. Dann war alles um ihn herum dunkel.

Wenige Sekunden später stand er in einer Nische des Hauses, kaum fünf Meter vom Aufprallort entfernt, wo jemand in seinem Blut auf den Bürgersteig lag und war wieder bei vollem Bewusstsein und völlig unverletzt. Die Leiche auf dem Bürgersteig jedoch sah genauso aus wie er. Der Tote war sein Vater.

Da die Leute auf die Leiche achteten und Polizei und Rettungswagen riefen, ohne sich um ihn zu kümmern, konnte er seine Nische unbemerkt verlassen und verschwinden. Er fuhr mit der U-Bahn nach Hause und atmete tief aus. Dieses Problem war nun gelöst. Für immer! –

Als er am nächsten Morgen die kurze Meldung über den Selbstmord in der Presse gelesen hatte, lehnte er sich zurück und trank seinen Kaffee genüsslich aus. Dann beschloss er, dass er sich freiwillig melden würde, im Irak zwei Jahre zu dienen, denn er wollte zuerst einmal Abstand zu den Problemen haben, die er gestern wohl endgültig gelöst hatte. Obwohl ihn seine Frau davor gewarnt hatte, in den Irak zu gehen – sie hatte ihn sogar angefleht, an sie und die Kinder zu denken und es nicht zu tun, weil sie

Angst hatte, er werde dort fallen oder so schwer traumatisiert werden, dass er im Leben nicht mehr klarkomme – erschien ihm dies als die beste Lösung. Dieser Einsatz würde seine miesen Gedanken beenden, da war er sich ganz sicher, denn er musste sich dort mit ganz anderen Dingen beschäftigen. Und darüber hinaus würde dieser Einsatz auch seiner Karriere förderlich sein, was auch nicht zu verachten war. Er kam dort schon nicht in Gefahr, denn er wollte sich um eine Stelle bewerben, bei welcher er nicht zur kämpfenden Truppe gehörte. –

V

„… und aus all diesen Gründen gibt es nur die eine Möglichkeit, ihm den Preis der Preise unseres Landes zu verleihen, die Medal of Honor der Streitkräfte der Vereinigten Staaten. Kommen Sie zu mir, Major Johnston, und zeigen Sie sich dem Publikum!"

Während David mit perfektem Kurzhaarschnitt und Uniform das Podium betrat, wo der General ihn mit dem Orden erwartete, brandete lauter Applaus der dreihundert geladenen Gäste auf, der nicht mehr enden wollte.

Als David das Podium erreicht und dem General die Hand geschüttelt hatte, fühlte er sich gut. Es war großartig! Sein Land dankte ihm für seine Taten im Irak, wo die Truppen den Diktator beseitigt und das Land von seinen Schergen befreit hatten. Er war ein Teil dieser Gemeinschaft des Guten gewesen und hatte seinen Part dazu beigetragen, dass die Welt in den letzten beiden Jahren ein wenig besser geworden war. Seinen Vater hingegen hatte er in dieser Zeit völlig vergessen können.

Er lächelte den General an und zeigte dem Publikum sein makelloses weißes Gebiss. Dann nahm er aus der Hand seines Vorgesetzten mit einer Verbeugung das Kästchen mit dem Orden entgegen. Die Leute klatschten wieder, als ob sie niemals damit aufhören wollten. Er war ein Held. Leute wie er hatten die Vereinigten Staaten großgemacht. Er sah sich in einer Reihe mit George Washington und Abraham Lincoln stehen. Eine Euphorie überkam ihn, wie er sie nach dem Genuss von Sekt öfter empfand, wenn er zudem noch den Song *This land is your land* von Woody Guthrie gehört hatte. Ja! Diesen Orden hatte er verdient!

Er winkte der Menge zu und verließ das Podium, um sich wieder in die erste Reihe zu setzen, neben seine Frau und die beiden Töchter, die ihn nun alle küssten und umarmten. Sogar der Minister saß im Saal und nickte ihm zu. Ob es überhaupt einen Menschen in diesem Land gab – ausgenommen vielleicht den Präsidenten selber – der ein solches Glücksgefühl auskosten durfte wie er in diesem Moment? Er würde diesen Tag jedenfalls nie vergessen. Es war einfach gigantisch! …

VI

Als sie im Auto saßen, um nach Hause zu fahren, wich Davids Euphorie ein wenig der Nüchternheit. Sogar leise Zweifel kamen auf, ob er diese Ehre denn tatsächlich verdient hatte. Schließlich hatte er nur ein Militärgefängnis der Amerikaner in Mossul geleitet, nachdem der Krieg längst beendet gewesen war.

Die Armee sperrte dort die Einheimischen ein, die es mit Saddam Hussein hielten und Terror im besetzten Norden des Landes veranstalteten. Und sie sperrten diese Terroristen nicht nur ein. Wenn sie etwas von ihnen wissen wollten, Namen, Anschlagsziele, Orte, Zeiten, so griffen sie damals – natürlich alles nur im Rahmen humanistischer Gedanken, also nicht so hart, wie es zum Beispiel in den Gulags geschehen war oder in den KZ′ s – zu *kleinen Hilfsmaßnahmen*, wie er das nannte.

So konnte es schon einmal sein, dass ein Gefangener, der nicht anders zu überzeugen war, einen Anschlagsort zu verraten, Hämatome von Schlägen im Gesicht oder am Körper bekam. Oder Striemen von Peitschenschlägen. Eventuell auch einmal Narben von ausgedrückten Zigarettenstummeln auf der Brust. Eine wirklich grenzwertige Methode, Gefangene um ihre Geheimnisse zu bringen, war das sogenannte *Waterboarding* gewesen, bei dem der Delinquent zu ertrinken glaubte.

Aber waren sie dabei nicht noch immer menschlich vorgegangen? Nicht einmal während seiner gesamten Dienstzeit war zum Beispiel jemand dabei gestorben, ja, nicht ein einziges Mal war ein Knochen gebrochen worden, nicht einmal das! Gut, er war der Befehlshaber und ordnete all diese Dinge an. Aber er stand dabei immer auf der Seite des *Guten* und entschied für das Gute, und dies auch immer ohne die letzte Konsequenz, was man von den russischen Betreibern der Gulags und den Nazis und ihren KZ′ s nicht behaupten konnte.

Aber stand ihm tatsächlich für seine Taten ein Orden zu? Er geriet ins Grübeln und wurde plötzlich von Zweifeln geplagt. Von Selbstzweifeln. Gut, dass er einigermaßen automatisch Auto fahren konnte.

Was war das denn? Da vorne…! –

115

Mit quietschenden Reifen kam sein Wagen, in welchem er mit seiner ganzen Familie saß, hundert Meter
weiter zum Stehen. Als sich seine Frau vom Schreck
erholt hatte, fragte sie: „David, was ist denn los? Warum hast du so hart gebremst?"

Ihr Mann war außer sich und stammelte nur:
„Da… da vorne… stand ein… Mann… auf… auf der
Straße. Er…!"

„Was war denn mit ihm, David? Ich habe nichts gesehen. Keinen Mann, nichts!"

„Er hatte kein Gesicht. Außerdem hatte er blaue
Flecken auf Armen und Beinen, Striemen am ganzen
Körper, wie von einer Peitsche und mehrere Wunden
von Zigaretten auf den Oberschenkeln. Und ihm
fehlte der linke kleine Finger. Alles war voller Blut.
Und nun habe ich ihn auch noch überfahren! Er muss
dort hinten liegen."

Er schrie völlig außer sich diese Worte hinaus. Als
wenn sie ihn von einer Last befreien könnten. Von einer ganz furchtbaren Last. –

Dort, wo er den Überfahrenen vermutete, lag jedoch niemand, und auch sonst nirgendwo. Davids
Frau war fix und fertig. …

VII

In den nächsten Wochen und Monaten war David
nicht mehr er selbst. Er dachte überall, wo er sich gerade befand, an seine Befehle im Militärgefängnis und
die Folter, die seine Leute an den Delinquenten voll-
zogen hatten. Ja! Er hatte all dies befohlen, war also
der Hauptschuldige an solchen Gräueltaten in seinem
Gefängnis. Er konnte kaum noch schlafen und wachte
immer wieder schweißgebadet auf, wenn er wieder

einmal in einem Alptraum der Folter durch seine Soldaten beigewohnt und die Flüche und Schreie der Gefangenen und anschließend ihr Klagen und Wimmern gehört hatte.

Und zu allem Überfluss sah er vom Abend der Ordensverleihung an alle paar Stunden den Mann ohne Gesicht, mit blauen Flecken auf Armen und Beinen, Striemen wie von Peitschenhieben am ganzen Körper, Wunden von Zigarettenglut auf den Oberschenkeln, mit fehlendem linken kleinen Finger und von oben bis unten voller Blut, in der Nähe stehen. Er sah ihn in seinem Wohnzimmer, im Garten, im Supermarkt, in der Kaserne, in der er nun Dienst tat, beim Joggen, im Pool, einfach überall, wo er sich befand. Der Mann sagte nie etwas, stand nur stumm da und bewegte sich nicht, als wolle er ihn stumm anklagen für das, was er in Mossul getan hatte.

Selbst am Sonntag in der Kirche beim Gottesdienst war er nicht mehr sicher vor diesem Mann, und niemals konnte irgendein anderer, der sich in seiner Nähe befand, bestätigen, dass dieser Mann da war. Nur David selbst sah ihn in der Nähe stehen, stumm und anklagend, ein ewiger Mahner seiner Untaten.

Natürlich bemerkten seine Frau, die Kinder und all seine Freunde und Kollegen den Wandel in seinem Wesen. Bald war er für niemanden mehr zugänglich, und seine Vorgesetzten versetzten ihn in den vorzeitigen Ruhestand, weil er seinen Job nicht mehr tun konnte. „Nur vorläufig, bist du wieder fit bist", sagte sein Generaloberst, und David lachte nur verzweifelt.

Nie würde er seinen Begleiter und seine Alpträume wieder loswerden. Nie, solange er diese Schuld nicht gesühnt hatte. Und was er tun konnte, um sie zu begleichen? Er wusste es nicht. …

117

VIII

Der Militärarzt schickte ihn nach sorgfältigen Untersuchungen zum Psychiater. Dieser verschrieb ihm, da er seine Beschwerden nicht wirklich behandeln konnte, mehrere Tranquilizer und ein Antidepressivum.

Diese Medikamente sorgten dafür, dass er den ganzen Tag lang müde war und im Tran vor sich hinvegetierte, ohne noch allzu viel am Leben teilhaben zu können. Wirklich helfen allerdings konnten ihm die Pillen, die er nun bekam, auch nicht, denn auch in diesem Zustand musste er immer wieder zwanghaft an seine Schuld denken. Außerdem sah er auch weiterhin alle paar Stunden an den verschiedensten Orten den Mann mit den Foltermalen in seiner Nähe stehen. Noch immer klagte er ihn stumm an wegen der Taten, die er in Mossul befohlen hatte.

In einem etwas lichteren Moment nahm er deshalb die Rasierklingen aus seinem Nassrasierer und schnitt sich damit die Pulsadern auf. Aber seine Frau kam unerwartet früh vom Einkaufen nach Hause, sodass sie ihn rechtzeitig fand und den Arzt rufen konnte, der ihm dann das Leben rettete.

Nur, was für ein Leben war das noch? Selbst die optimistischsten seiner Freunde mussten zugeben, dass er gar nichts mehr vom Leben hatte und ganz furchtbar litt. Von dem einst so stolzen Major, Amerikaner und Familienvater war nun nichts mehr übrig. Gar nichts. Er war einfach nur noch ein kleines Häuflein Elend, und prinzipiell konnte jeder Beobachter sagen, dass er nur darauf warte, dass David einen Selbstmordversuch mache, dem mehr Erfolg beschieden sei, als beim ersten Mal. –

Dann aber – es war im folgenden Frühling – ging es ihm plötzlich besser. Er musste nicht mehr so stark grübeln und sah den Gefolterten nicht mehr alle paar Stunden vor sich stehen. Seine Familie, allen voran seine Frau, hoffte nun, er werde wieder der Alte werden, und das Elend habe nun ein Ende.

Er selbst fühlte neue Kräfte in sich und erlangte zunehmend seine Lebensfreude wieder. Der permanente Alptraum war nun vorbei. Er war sich sicher. Seine Psyche hatte ihn nicht in den Tod getrieben, und nach all diesen Qualen war er nun umso stärker.

Eines Morgens stand er nackt unter der Dusche und pfiff *Down to the river*, seinen Lieblingssong von Bruce Springsteen, als er plötzlich Schmerzen am Rücken fühlte. Er fasste mit der rechten Hand dahin, wo der Schmerz herkam und hatte Blut an der Hand, als er sie zurückzog. Er stieg aus der Duschkabine und trat vor den Spiegel, um sich seinen Rücken genauer anzusehen. Das konnte doch nicht wahr sein! Seine Arme und Beine waren plötzlich von blauen Flecken übersät und sein ganzer Körper wies Striemen wie von Peitschenschlägen auf. Außerdem fanden sich auf seinen Oberschenkeln Wunden von Zigarettenglut, und sein linker kleiner Finger fehlte. Sein ganzer Körper war voller Blut. Er litt wahnsinnige Schmerzen und schrie laut, doch niemand hörte ihn, denn außer ihm war kein Mensch im Haus. Endlich wurde ihm schwarz vor Augen, und er brach zusammen. Dabei schlug er mit dem Kopf auf dem Rand der Badewanne auf. Er war auf der Stelle tot.

Als er Stunden später gefunden wurde, war sein Körper bis auf die Wunde am Kopf völlig unversehrt.

Die neue Software

I

Dr. Feiler hatte heute sein dreißigjähriges Dienstjubiläum als oberster Einkaufsleiter des größten Pharmakonzerns des Landes. Da er in einer solchen Position zur Spitze des Unternehmens gehörte, wurde natürlich viel Aufwand zu seinem Ehrentag betrieben. Viele Ehrengäste aus Wirtschaft und Politik sowie Vertreter von Zeitungen waren anwesend, ja sogar der Rundfunk hatte ein Team geschickt.

Als Feiler sich nach dem Sektempfang der Presse stellte, machten alle ihre Fotos, und eine hübsche Rundfunkreporterin stellte ihm einige Fragen. Unter den Presseleuten befand sich ein kleiner, unscheinbarer Mann, der recht gut gekleidet war. Er hatte dunkles Haar und braune Augen und war etwa vierzig Jahre alt. Wie alle anderen schoss er ein Foto von dem prominenten Jubilar, arbeitete jedoch weder für eine Zeitung, noch für den erwähnten Radiosender. Dies fiel allerdings niemandem auf. Als Dr. Feiler anschließend alle dazu einlud, das üppige kalte Büffet zu stürmen, verließ der kleine, unscheinbare Mann den Ort, ohne besondere Aufmerksamkeit zu erregen. ...

II

Nach der anstrengenden Jubiläumsfeier machte Dr. Feiler zunächst zwei Wochen Urlaub, um danach erholt und gutgelaunt in sein großes, modernes Büro zurückzukehren. Als er dort angekommen und von allen begrüßt worden war, öffnete er zunächst die Post, ohne etwas Besonderes darin zu finden. Danach fuhr er seinen Computer hoch, um seine E-Mails zu sichten. Dort fand er zunächst ebenfalls nichts Außergewöhnliches. Bei der Durchsicht der Mails von der vergangenen Woche fiel ihm schließlich ein Absender auf, der ihm fremd war. Es handelte sich um einen Mann namens Faro, von dem er nie zuvor gehört hatte. Feiler öffnete seine Mail und las:

„Hallo Dr. Feiler,
mein richtiger Name tut nichts zur Sache. Meinen *Künstlernamen* können Sie unten lesen. Ich wünsche mir von Ihnen, dass Sie mein neues Programm für Ihren Konzern ordern. Sollten Sie dies nicht tun, so könnte es sein, dass Sie bald in großen privaten Schwierigkeiten stecken.
Mit freundlichen Grüßen
Faro"

Dr. Feiler schüttelte den Kopf. Er würde das Programm von Faro natürlich nicht für sein Unternehmen kaufen. Was fiel diesem Kerl überhaupt ein? Ihm, dem mächtigen Mann aus der Chefetage eines Weltunternehmens, zu drohen! Sollte er gleich die Polizei einschalten? –
Feiler entschloss sich, dem Mann kurz zu antworten, dass er seine Unverschämtheiten künftig unterlassen solle. Andernfalls wollte er die Polizei einschalten. Als er eine entsprechende E-Mail verfasst hatte, schickte er sie ab und widmete sich danach den Geschäften des Tages, ohne einen weiteren Gedanken an Faro zu verschwenden.

III

„Du glaubst wohl, du bist der liebe Gott selbst!",
ärgerte sich Jörg Peters, der Mann, der sich den Namen Faro gegeben hatte, als er Dr. Feilers E-Mail gelesen hatte. „Warte, dir werde ich Beine machen!"

Er packte wütend seine Digitalkamera in die Ja-
ckentasche und fuhr zu einem Café am Stadtrand. Als
er dort ankam, öffnete er auf seinem Laptop das neue
Programm, das er selbst entwickelt hatte, von dem es
keine Kopie gab und über welches keine Unterlagen
existierten. Dann schloss er die Kamera an. Er wollte
das Foto von Dr. Feiler überspielen, das er zu dessen
Jubiläum geschossen hatte. Kaum hatte er das Foto
hochgeladen, da lud das Programm selbstständig wie
aus dem Nichts – es brauchte keine andere Verbindung dazu, nicht einmal das Internet - alle Fotos, die
in Feilers Privatleben je gemacht worden waren: Von
dessen eigener Geburt an bis zu seiner Hochzeit, der
Geburt seiner einzigen Tochter, der feierlichen Verlei-
hung seiner Doktorwürde, seiner Beförderung in die
Chefetage des Konzerns und so weiter.

Es hatte also funktioniert! Peters rieb sich die
Hände und schritt zügig zum zweiten Teil seines
Plans. Dieser musste nun ebenfalls noch gelingen! Er
schaute sich Feilers gesammelte Familienfotos an.
Bald hatte er seine Wahl getroffen. Er klickte das Foto
an, das offensichtlich zur Geburt von Feilers Tochter
gemacht worden war. Was war sie doch für ein hüb-
sches Baby gewesen! Peters lächelte eisig. Im selben
Moment löschte er das Foto. Danach fuhr er zu seiner
Wohnung zurück. ...

IV

Als Dr. Feiler am Abend nach Hause kam, aß er zunächst mit seiner Frau und trank ein wenig Rotwein. Während die beiden es sich anschließend im Wohnzimmer gemütlich machten, dachte Feiler an seine Tochter, die in München, fern von ihrem Elternhaus, studierte. Er fragte seine Frau Anna: „Schatz, hast du heute etwas von Marie gehört? Hat sie ihren Schein für Verfassungsrecht bekommen?"

„Welche Marie?", fragte seine Frau, die scheinbar sehr erstaunt war. „Ich kenne keine Frau solchen Namens! Und was für ein Schein für Verfassungsrecht?"

„Du... kennst... sie nicht?", fragte Feiler sichtlich beunruhigt. „Unser kleines Mädchen! Unsere Tochter!"

„Bist du verrückt, Bernd? Wir haben keine Kinder! Noch nie welche gehabt! Du willst mich auf den Arm nehmen!"

Feiler war fix und fertig. Anstatt weiter mit seiner Frau zu reden, sprang er auf und versuchte, seine Tochter in München anzurufen.

„Kein Anschluss unter dieser Nummer!", ertönte es aus dem Hörer.

Feiler rannte ins obere Stockwerk der Villa, wo Maries Kinderzimmer gelegen war, in welchem sie heute noch wohnte, wenn sie zu Besuch kam. Als er jedoch die Tür zum vermeintlichen Reich seiner Tochter öffnete, traute er seinen Augen kaum! Das Zimmer war eingerichtet wie ein Gästezimmer, und nichts, rein gar nichts wies auf seine Tochter als Bewohnerin hin.

Bernd Feiler glaubte, er werde wahnsinnig. Er überlegte, wo er noch nach ihren Spuren suchen konnte. Ob es noch irgendwo ein Foto von ihr gab oder irgendeinen anderen Hinweis auf ihre Existenz? Im ganzen Haus gab es jedoch nicht ein einziges Foto von Marie. Selbst seine eigenen Eltern wussten nichts von seiner Tochter, als er sie voller Verzweiflung anrief. Schließlich setzte er sich an seinen Schreibtisch und begann zu weinen. Plötzlich fiel ihm der Computer ein. Marie hatte ihm oft geschrieben! Vielleicht fand er dort ihre Spur.

Er sah sich sein E-Mail- Postfach an, wo er seine Post längere Zeit speicherte. Dort gab es nicht eine Mail von seiner Tochter, obwohl er sicher war, in der letzten Zeit mehrere Nachrichten von ihr bekommen zu haben. Allerdings befand sich dort eine andere Mitteilung, und zwar von Faro. Mit vor Anspannung zittrigen Fingern öffnete Feiler diese. Der Text lautete:

„Hallo Dr. Feiler,

ist Ihre Tochter plötzlich nicht mehr da, ja sogar noch nie dagewesen? Ich denke, Sie vermuten schon, warum. Vielleicht können Sie sich ja mit dem Gedanken anfreunden, mich in Zukunft ernst zu nehmen. Wenn Sie nicht weitere private Katastrophen erleben wollen, so kaufen Sie meine Software. Ich wünsche mir, dass Sie sie anschließend an das Verteidigungsministerium verkaufen, denn dort gehört sie hin.

Und bemühen Sie um Himmels willen nicht die Polizei! Es wäre schade, wenn man Sie für verrückt halten und in die Psychiatrie sperren würde!

Liebe Grüße

Faro"

Da war Feiler – selbst wenn er zunächst noch gezaudert hatte, diese schlimme Wahrheit als gegeben zu akzeptieren - klar, dass dieser Faro mit seinem neuen Computerprogramm dafür gesorgt hatte, dass seine Tochter plötzlich nicht mehr existierte, ja dass sie nie existiert hatte. Was besaß dieser Mensch für eine Macht! Und er hatte recht. Er würde, wenn er zur Polizei ging, für verrückt erklärt und in die Psychiatrie eingewiesen werden. Dennoch musste er etwas tun, denn dieser Mann konnte – wenn er dies richtig sah – sein ganzes Leben zerstören und ihn sogar völlig aus dieser Welt entfernen. Er musste ihm auf eine Weise beikommen, die ihm diese Möglichkeiten endgültig nahm. Was nur konnte er tun?

Da fiel ihm seine Pistole ein. Nach kurzer Überlegung verfasste er eine Antwort an den Übeltäter:

„Lieber Faro,
ich muss Sie treffen, um mit Ihnen zusammen zu überlegen, auf welchem Weg wir Ihre Forderungen erfüllen können. Nennen Sie mir bitte einen Ort!
Beste Grüße
Dr. Bernd Feiler"

Noch völlig außer sich ob der unfassbaren Entwicklung schickte er die Mail ab, nicht ohne dies im selben Moment zu bereuen. Faro würde den Schwindel merken! Nicht auszudenken, was geschehen mochte. …

V

Als Jörg Peters die Mail von Feiler las, war ihm sofort klar, dass dieser ihn unter einem Vorwand treffen wollte, um ihn aus dem Weg zu räumen. Es fiel ihm sonst kein einziger Grund ein, warum Feiler ihn persönlich treffen wollte. Feiler konnte seine Forderungen jederzeit erfüllen, ohne ihn persönlich zu kennen.

Er hatte seinen Namen und Wohnort bewusst verschwiegen, denn er wollte seine Software anonym an Feiler verkaufen.

„Du sollst mich noch besser kennen lernen!", dachte er deshalb bei sich, rief ein Jugendfoto von Feilers Frau Anna auf, das sie ihrem Mann kurz vor ihrer Hochzeit geschenkt hatte, und löschte es.

Dann lachte er gehässig auf und schickte Feiler von seinem Laptop eine E-Mail, in welcher er das Folgende schrieb:

„Mein lieber Dr. Feiler,

ich werde immer ungeduldiger, wie Sie sehen können, und bald könnten auch Sie selbst in Gefahr geraten, wenn Sie nicht tun, was ich mir wünsche.

Sollte ich nicht binnen zwei Tagen, also am Mittwoch dieser Woche um zwölf Uhr, Ihren Vertragsentwurf über 10 Millionen für die neue Software in meinem E-Mail- Postfach finden, so werde ich dafür sorgen, dass Ihr Nachfolger mit mir verhandelt und dass es Sie nie gegeben hat.

Sobald ich den Vertrag erhalten habe, werde ich ihn unterschreiben und zurückschicken, woraufhin Sie ihn gegenzeichnen werden. Danach bekomme ich das Geld, ohne dass mir jemand nachspioniert, und Sie bekommen dafür das Programm, dessen Güte Sie selbst testen durften.

Grüßen Sie Ihre Frau von mir
Faro"

VI

Dr. Feiler war unterdessen – einerseits, um sich abzulenken und andererseits, um nicht aufzufallen –

zur Arbeit gefahren. Dort hatte er Faros neue Mail gelesen, und sofort verstanden, dass wieder etwas Furchtbares geschehen sein musste. Warum betonte Faro so, dass er seine Frau grüßen sollte? Er fuhr sofort nach Hause. Als er an der Haustür klingelte, öffnete seine Haushälterin Beate, die wohl schon auf ihn gewartet hatte.

„Hallo Beate!", sagte Feiler gehetzt. „Ist meine Frau drinnen?"

„Sie machen Witze, Herr Doktor!", entgegnete diese. „Welche Frau? Seit ich Sie kenne, sind Sie doch ein eingefleischter Junggeselle."

Eine furchtbare Gewissheit überkam den Hausherrn, und er lief eilig ins Innere des Hauses. Tatsächlich! So sehr er auch suchte, er fand nicht einen einzigen Hinweis darauf, dass seine Frau Anna mit ihm zusammen dort wohnte. Und nicht nur das. Es gab im ganzen Haus kein einziges Foto von ihr und die Heiratsurkunde war verschwunden. Zudem fand er nirgendwo eines ihrer Kleidungsstücke oder ihre Schuhe. Im Schlafzimmer befand sich statt des Doppelbetts ein Einzelbett, und selbst sein Ehering, den er seit einiger Zeit im Wohnzimmerschrank verwahrte, weil er ihm, da er dicker geworden war, nicht mehr passte, war nicht mehr da. Völlig verzweifelt rief er seine Mutter an – Annas Eltern lebten beide schon lange nicht mehr – und fragte diese nach seiner Frau.

„Was ist nur mit dir los, Junge?", fragte seine Mutter beunruhigt. „Neuerdings hast du eine Frau? Du bist schon immer Single gewesen, und Kinder hast du nie gehabt. Ich hätte mir gewünscht, du hättest eine Familie gegründet. Doch dazu ist es ja nie gekommen. Ich finde, du solltest einmal zum Arzt gehen. Du bist scheinbar völlig überarbeitet."

Feiler legte den Hörer zurück und war völlig außer sich. Faro hatte seine Ehe mit Anna genauso aus der Welt entfernt, wie seine Tochter. Er musste diesen Verbrecher unschädlich machen und sein Computerprogramm vernichten, bevor er zuletzt noch ihn selber auslöschte. Doch wie sollte er das nur tun? ...

VII

Nach einer fiebrigen, unruhigen Nacht und einem ebenso unruhigen Tag im Büro kehrte Feiler wieder nach Hause zurück. Als er sich einen Whiskey eingegossen und auf seiner Couch Platz genommen hatte, fiel ihm plötzlich ein, wen er fragen konnte.

Arnold!

Arnold war ein alter Freund aus Studientagen, und er hatte immer loyal zu Feiler gestanden. Und – was noch viel wichtiger war – er war Abteilungsleiter beim BND und zuständig für Computerangelegenheiten. Vielleicht wusste er einen Weg, wie Feiler Faro unschädlich machen konnte.

Sofort rief er Arnold an, und dieser vereinbarte mit ihm, dass er am nächsten Tag – dies war der von Faro genannte Mittwoch - gegen 10.45 Uhr zu seinem Büro kommen sollte. Feiler war zufrieden. Arnold würde ihm helfen, und so könnte er Faro zur Strecke bringen, ohne selbst einen Nachteil davon zu haben. …

VIII

Als Feiler aber am Mittwoch gegen 10.30 Uhr auf die Stadtautobahn auffuhr, gab es dort nach wenigen Kilometern unerwarteter Weise einen Stau, der ihn daran hinderte, pünktlich zu Arnolds Büro zu kommen. Als er dort endlich ankam, war es bereits 11.51

Uhr. Eilig stieg er aus dem Wagen, nahm seinen Laptop vom Rücksitz, ging damit zum Eingang des Gebäudes und fragte den Portier nach seinem alten Freund. Fünf Minuten später kam Arnold bei ihm an.

„Guten Tag, Andi", sagte Feiler. „Wir haben nur noch wenige Minuten Zeit!"

„Komm rein!", sagte Arnold und führte ihn in sein Büro. „Was kann ich für dich tun?"

Dr. Feiler erläuterte seinem Studienfreund die Machenschaften Faros und sagte ihm, dass er diesen töten müsse, um weitere schlimme Taten zu verhindern und die Gesellschaft vor ihm zu schützen. Außerdem stehe dabei sein eigenes Leben auf dem Spiel.

„Du meine Güte!", entfuhr es Arnold. „Da hast du ja ein echtes Problem. Aber ich wüsste eine Möglichkeit, wie es zu lösen ist!"

„Los, sag schon!", forderte Feiler ungeduldig.

„Du musst diesem Verbrecher eine Mail schicken, an die du eine bestimmte Datei vom BND anhängst, die wir eigens zu diesem Zweck entworfen haben."

Feiler fuhr seinen Laptop hoch und bekam von Arnold einen USB- Stick, auf welchem sich die besagte Datei befand. Er verfasste eilig eine Mail an Faro, hängte die Datei vom BND an, benannte sie mit dem Namen *Vertrag*, um ihn zu täuschen und schickte sie ab. Es war 12.16 Uhr. -

Dreißig Sekunden bevor Feiler die Mail an ihn absandt hatte, hatte Jörg Peters, der sich gerade mit seinem Laptop in einer Kneipe in der Innenstadt befand, zum wiederholten Mal sein E-Mail- Postfach geöffnet und wieder keine Mail von diesem gefunden. Äußerst ärgerlich löschte er deshalb zur selben Zeit, als dieser die Mail an ihn versandte, alle Privatfotos von Feiler und seinen Lieben, über die er noch verfügte.

So! Nun musste er von Feilers Nachfolger ein Foto schießen und sich anschließend mit ihm über den Vertrag über sein Computerprogramm auseinandersetzen. Dieser würde hoffentlich nicht so stur sein, wie sein Vorgänger, den er nun spurlos aus der Welt entfernt hatte. –

Als Peters einige Zeit später erneut seine Mails abfragte, staunte er nicht schlecht. Er hatte offensichtlich im gleichen Moment, als er Feilers Fotos gelöscht hatte, von diesem Post erhalten. Ob er den Vertrag doch noch geschickt hatte?

Eigentlich nutzte ihm ein Vertrag mit Feiler nun nichts mehr, denn dieser war ausgelöscht. Trotzdem interessierte ihn die Sache. Also öffnete er den E-Mail-Anhang mit dem Titel *Vertrag*.

Da aber detonierte mit enormer Wucht und großem Krawall sein Laptop und verwüstete den ganzen Raum. Peters selbst, der Wirt und zwei weitere Gäste fanden dabei den Tod, und das neue Computerprogramm war für alle Zeiten zerstört. Die Polizei sprach später von einem islamistischen Anschlag und niemand hörte je wieder etwas von Dr. Feiler und seiner Familie oder von Jörg Peters.

Der Stellvertreter

I

Diese blöde Kuh! Samuel konnte sich kaum beruhigen. Nur, weil er ein Mann war, bekam er von ihr den Posten nicht, um den er sich nun seit längerer Zeit bemühte und für den er sicher besser geeignet war als jeder andere. Sie war einfach eine blöde Kuh, diese Stevens! –

Samuel Koch war Doktor, hatte an der Goethe-Universität über Anna von Mecklenburg promoviert und war vor fünf Jahren bei der Frankfurter Rundschau als Redakteur mit dem Ressort „Hessische Politik und Geschichte" eingestellt worden. Seine Chefin, Ruth Berg, ging im nächsten Monat in Rente, und er hatte gehofft, ihr Nachfolger zu werden. Aber die Leiterin der für Hessen zuständigen Abteilung, Franziska Stevens, ebenfalls Doktorin, wollte Ruth Bergs Stelle wieder mit einer Frau besetzen, um den Anteil der weiblichen leitenden Redakteurinnen bei ihrer Zeitung auf gleichem Niveau zu erhalten. Sie hatte deshalb so ein junges Ding vorgezogen, gerade sechsundzwanzig Jahre alt, das wesentlich geringere Qualifikationen vorzuweisen hatte als er. Dies hatte ihm diese alte Zicke gerade mitgeteilt, nicht ohne süffisant zu grinsen. Er wusste nicht, was ihn mehr auf die Palme brachte, dass sie ihm dieses Pipimädchen vorzog oder dass sie so großkotzig auftrat.

Aber er würde es nicht dabei belassen, nur ein wenig seinen Ärger über diese Dinge gezeigt zu haben, sondern er würde sich rächen. Wenn er sich nicht irrte, so hatte er gestern Abend, als er alte Unterlagen zu seiner Doktorarbeit sortierte, etwas entdeckt, was er dafür nutzen konnte. Er würde jetzt nach Hause fahren und sich den Brief noch einmal anschauen. Er war für heute sowieso in der Redaktion fertig und konnte Schluss machen. Die arrogante Stevens sollte nur aufpassen! –

„Samuel, komm ins Bett! Es ist schon nach 1.00 Uhr. Lass es für heute genug sein! Morgen ist auch noch ein Tag."

Samuel Kochs Lebensgefährtin, Edda Stein, stand im Schlafanzug in der Tür seines Arbeitszimmers.

„Samuel, ich muss morgen zeitig raus. Sieh zu, dass wir noch ein bisschen Schlaf kriegen!"

„Ist okay, Edda. Ich komme gleich. Ich will nur noch dieses Schriftstück hier wegheften. Zwei Minuten!"

Mit diesen Worten nahm er die Kopie des Briefes, den er gerade zum dritten Mal gelesen hatte und heftete sie in einem Leitzordner ab. Dann löschte er das Schreibtischlicht und folgte Edda zum Schlafzimmer.

Am nächsten Morgen nach dem Frühstück machte Samuel sich auf den Weg in die Wiesen und Felder östlich seines Dorfes zu einem Morgenspaziergang, wie er es immer dann gerne tat, wenn er erst später zu arbeiten hatte. Es war ein wenig bedeckt, aber trocken, und er genoss die Ruhe und die Einsamkeit auf seinem Weg sehr. Nur ab und zu zogen einige Vögel über ihn hinweg, was ihn aber nicht weiter störte.

Bevor er durch die Wiesen beim Dorf wanderte, hatte er sich noch einmal die Kopie des Dokuments angesehen, die ihn am Abend zuvor so sehr in ihren Bann gezogen hatte. Sie gab ihm Auskunft über eine

Möglichkeit, Franziska Stevens aus dem Weg zu räumen und so auf einen Schlag einen Haufen Probleme weniger zu haben. Aber das Ganze war mit einer bösen Tat verbunden, und er fragte sich deshalb natürlich, ob es nicht besser sei, diese Chance nicht zu nutzen.

Sicher, das Utensil das er brauchte und dessen magische Eigenschaften das kopierte Dokument genau beschrieb, konnte er ohne große Probleme aus der Ausstellung über Anna von Mecklenburg, Mutter Philipps von Hessen, entwenden und in seinen Besitz bringen. Er hatte diese Ausstellung zusammen mit den Mitarbeitern des Lehrstuhls für Hessische Geschichte ins Leben gerufen – der Lehrstuhl initiierte öfter derartige Ausstellungen im Raum Frankfurt – und vor zwei Wochen auch geholfen, sie in einer alten Kirche und dem zugehörigen Gemeindehaus in einem Dorf nahe seiner Stadt aufzubauen. Er wusste deshalb, dass er dort ungehindert bekommen konnte, was er brauchte. Aber dies war nicht sein Problem. Schwierig war es für ihn stattdessen, dass er die Stevens auf diese Weise töten konnte, und solches konnte er eigentlich nicht mit seinem Gewissen vereinbaren. Oder etwa doch?

Er setzte sich auf eine Bank, die geschützt unter der Krone einer mächtigen Buche stand und grübelte vor sich hin.

Durfte man einem Menschen nach dem Leben trachten, nur wenn er einem bei der eigenen Karriere im Weg stand?

Seine Gedanken ließen sich momentan schwer ordnen, und alle Ideen für und wider einen Mord an Franziska Stevens geisterten durcheinander durch seinen Kopf. Endlich aber überkam ihn eine gewisse

Kälte, und er sagte sich, dass es richtig sei, wenn die alte Schabracke für ihre Untaten bestraft werde. Außerdem war die Tat, die zum Tode dieser überheblichen Egomanin führen würde, nicht seine eigene, sondern ein anderer würde es tun, ohne dass er selber sich die Hände schmutzig machen musste.

Ja, er würde das Ausstellungsdorf aufsuchen! Die Frage war nun für ihn nicht mehr, ob er die Alte töten lassen durfte, sondern ob das Utensil, das er dafür aus der Ausstellung entwenden würde, tatsächlich auch die magischen Kräfte hatte, die Anna von Mecklenburg ihm zusprach. Eigentlich glaubte er ja nicht so richtig an Magie, aber er hoffte dennoch, dass sie in diesem Fall wirken möge. Und wenn nicht, so hatte er es wenigstens versucht, was bekanntlich nie schadete. Alles weitere Grübeln half nichts. Er musste es jetzt einfach ausprobieren!

So stand er auf und wanderte eilig auf dem kürzesten Weg nach Hause zurück, um so bald wie möglich aufzubrechen. Der frühe Morgen war eindeutig die beste Zeit, um unbemerkt etwas aus der Ausstellung zu stehlen, denn zu dieser Zeit befanden sich dort erfahrungsgemäß noch keine Besucher.

Als er zu Hause ankam, stieg er direkt in seinen Wagen und fuhr los. …

II

Ben Voskuhl saß auf dem Sofa und weinte. Er hatte gerade ein Volontariat bei der Frankfurter Rundschau absolviert, und Franziska Stevens, die währenddessen für ihn zuständig gewesen war, hatte ihm vor wenigen Tagen eröffnet, dass man ihn weder übernehmen werde, noch ihm ein gutes Zeugnis ausstellen könne. Seine Arbeit während seiner Ausbildungszeit sei dazu einfach zu brav und zu hausbacken gewesen. Samuel Koch hatte alles mitbekommen und den jungen Mann zu sich nach Hause zum Kaffee eingeladen. Er schien ihm genau der Richtige, um seinen perfiden Racheplan gegenüber Franziska Stevens in die Tat umzusetzen.

Nun saß der ehemalige Volontär auf Kochs Sofa und heulte Rotz und Wasser. Er kam sich unendlich klein und dumm vor und sah all seine Chancen verloren, als Redakteur bei einer Zeitung, dem Rundfunk oder gar beim Fernsehen angestellt zu werden. Wer einmal bei einer Zeitung wie der Frankfurter Rundschau so gefloppt hatte wie er, der hatte keine weitere Chance zu erwarten. Es war aus! –

Samuel Koch hatte sich all diese Ausführungen des jungen Voskuhl angehört. Als dieser schließlich anfing, zu weinen, war die Gelegenheit so günstig, wie sie es nie wieder werden konnte. Deshalb klopfte er Voskuhl auf die Schulter und ergriff das Wort.

„Mein lieber Ben, es ist noch lange nicht alles für Sie vorbei, bloß weil diese doofe Stevens Ihnen kein ordentliches Zeugnis ausstellen will. Leute, die wie Sie ein Volontariat bei einer so renommierten Zeitung wie der Rundschau absolviert haben, sind bei den anderen Zeitungen begehrt, ganz gleich, wie ihr Zeugnis aussieht."

„Sind Sie sicher, Herr Koch?", schluchzte Voskuhl.

„Ganz sicher, Ben!", entgegnete Samuel Koch. „Es ist doch ganz offensichtlich, dass Ihr schlechtes Abschneiden einfach auf die Antipathie der Chefin Ihnen gegenüber zurückzuführen ist, und das müssen Sie bei einer Bewerbung deutlich machen. Außerdem ist es schon bemerkenswert, dass Sie überhaupt bei einer Zeitung wie der Rundschau genommen wurden und dort Ihr Volontariat auch durchgezogen haben. Viele andere Journalisten können eine solche Leistung nicht vorweisen, und zwar ihr ganzes Leben lang nicht."

„Glauben Sie wirklich?"

„Aber klar! Kommen Sie einmal mit!"

Mit diesen Worten nahm Samuel Koch den jungen Mann an die Hand und zog ihn mit sich vor den Spiegel, der im Flur neben dem Wohnzimmer hing. Er stellte Ben vor den Spiegel, deutete auf sein Spiegelbild und fragte: „Was sehen Sie da, Ben?"

Der junge Voskuhl betrachtete sich im Spiegel und sah dann seinen Gastgeber fragend an.

„Nun, Ben, Sie sehen einen ausgesprochen fähigen jungen Mann, der gerade seine Ausbildung bei einer der wichtigsten Zeitungen des Landes und damit der ganzen Welt absolviert hat. Ich bin mir sicher, dass wir von diesem Mann noch einiges hören werden, ganz gleich, was Leute von ihm denken, die ihn nicht leiden können, wie zum Beispiel die Ziege Franziska Stevens. Schauen Sie sich an, Ben! Sie sehen einen jungen Mann, der es Leuten wie dieser Stevens zeigen wird, weil er den Kopf dafür besitzt. Glauben Sie mir, Sie sind besser, als diese Alte es je sein wird, und Sie stecken viele Leute in die Tasche!"

Ben Voskuhl nickte, und plötzlich wurde ihm ein wenig schwindelig. Er musste sich einen Augenblick lang taumelnd an der Garderobe neben dem Spiegel festhalten. Sekunden später war der Anfall vorbei, und Ben und sein Gastgeber gingen ins Wohnzimmer zurück, wo der junge Mann einen Moment schwieg. Der Spiegel im Flur war wohl ein Erbstück, das Samuel Kochs Familie seit Generationen besaß. Zumindest sah er so aus, als sei er bereits über hundert Jahre alt. –

Endlich setzten die beiden noch eine Weile ihr Gespräch fort, bis Samuel Kochs Lebensgefährtin von der Arbeit nach Hause kam. Dann verabschiedete sich der Gast höflich von seinem Gastgeber und dessen Freundin. Er hatte sich schon lange wieder gefangen und konnte nun viel besser mit seinem beruflichen Misserfolg umgehen. Draußen stieg er in seinen Kleinwagen, den er vor dem Haus geparkt hatte und fuhr davon. …

III

Er hatte sie getötet! Ben Voskuhl wälzte sich im Bett herum und war außer sich. Er, der junge Mann, der eigentlich keinem anderen auch nur ein Haar krümmen konnte, hatte einen Menschen ermordet.

Schon zuvor war er nahezu daran zerbrochen, als er Franziska Stevens als sein Opfer auserkoren hatte. Er konnte in den Nächten vor der Tat kaum schlafen und betrank sich am Abend vorher, so wie er sich noch nie zuvor betrunken hatte. Endlich war er am nächsten Morgen zum Bahnhofsviertel gefahren und hatte dort diesen verdammten Russen getroffen, der ihm für einen Fünfhunderter eine alte russische Armeewaffe überließ und für weitere zwei Hunderter die passende Munition dafür verkaufte.

Und dann? Gott, er hatte es dann tatsächlich getan. Er war zum Haus von Franziska Stevens gefahren und hatte ihr dort aufgelauert. Als sie um 19.00 Uhr abends kam, erschoss er sie mit drei gezielten Schüssen. Die Waffe entsorgte er danach im Main. Selbst wenn sie dort jemals gefunden würde, könnte dadurch keiner auf ihn als Täter kommen. Wenn man überhaupt herausfände, dass mit ihr ein Mord begangen worden war. Ben konnte nicht mehr auf dieser Seite liegen und drehte sich erneut auf die andere Seite.

Eigentlich hatte er erwartet, man werde ihn verhören und als Verdächtigen betrachten, vielleicht sogar in Haft nehmen. Aber nichts dergleichen geschah. Leider!

Auf diese Weise hätte er wenigstens den Mord sühnen und seinen eigenen Schuldgefühlen und miesen Gedanken entkommen können. Aber die Polizei hatte ihn nicht einmal vernommen, und niemand von der Rundschau machte die Beamten auf ihn aufmerksam. Ganz im Gegenteil!

Hölter wurde sehr schnell Nachfolger von Frau Stevens und übergab Dr. Koch den Job von Ruth Berg. Samuel Koch wiederum bat Hölter, Ben zu übernehmen, da er ein vielversprechender Nachwuchsjournalist sei und es verdiene, weiter bei der Rundschau zu arbeiten. Sven Hölter, der Dr. Koch für eine Koryphäe auf seinem Gebiet hielt und viel auf sein Urteil gab, stellte Ben daraufhin fest als Redakteur ein, und fortan kam niemand mehr auf die Idee, ihn des Mordes zu verdächtigen. Den irdischen Gewalten war er also in diesem Fall ohne jedes Problem entkommen, aber wie sah es um seine Seele aus?

Ben wälzte sich erneut auf die andere Seite und seufzte laut. Er konnte seit Tagen nicht richtig schlafen. Er war ein Mörder! Er hatte das schlimmste Verbrechen begangen, das ein Mensch begehen konnte. Er setzte sich auf und nahm sein Gesicht in beide Hände. Was nur sollte er machen? Sollte er den Mord gestehen? Würde er so zur Ruhe kommen?

Er schrie laut auf. Dann trommelte er mit den Fäusten auf seinem Bett herum. Nein, er würde nicht gestehen! Sein Gewissen würde sich aller Wahrscheinlichkeit nach auch dann nicht beruhigen. Er musste diese Phase durchstehen. Vielleicht hätte er es in einigen Wochen überstanden. Der Alkohol würde ihm dabei helfen. Wie so oft würde er helfen. Ganz sicher!

Er stand auf und ging in die Küche. Dort stand noch die Flasche Whiskey auf dem Tisch, die er gestern Abend zur Hälfte geleert hatte. Er nahm ein frisches Glas aus dem Wandschrank und füllte es zur Hälfte mit dem bernsteinfarbenen Getränk. Dann leerte er es in einem Zug. Es wurde schon besser. Er wiederholte noch zweimal, was er gerade getan hatte. Dann ging er ins Bad, um zu duschen. …

IV

Er hatte noch einmal getötet! Er wusste nicht einmal genau, warum. Dennoch hatte er Sven Hölter vor zwei Tagen getötet. Er verspürte zuvor plötzlich einen starken Hass gegenüber dem neuen Leiter der Abteilung „Hessen", obwohl ihm dieser eigentlich nie etwas getan hatte. Er plante die Tat genau wie beim ersten Mal, verschaffte sich eine nicht registrierte Waffe nebst Munition und tötete ihn. Nun war er wieder völlig außer sich, und sein Gewissen ließ ihm keine Ruhe. –

Ben Voskuhl flüchtete sich erneut in den Alkohol, wie er es schon nach seinem ersten Mord getan hatte und dachte lange darüber nach, ob er der Polizei nun die beiden Morde gestehen sollte, um endlich zur Ruhe kommen zu können. Wieder tat er es nicht, denn wie beim letzten Mal glaubte er daran, dass ihn ein Geständnis nicht von seinen Seelenqualen befreien konnte. Stattdessen trank er erneut einige Wochen lang sehr viel Alkohol und betäubte so sein Gewissen.

Die Polizei vernahm ihn diesmal nur als Zeugen am Rande und nahm ihn auch nicht in U-Haft, obwohl er damit fest gerechnet hatte. Stattdessen beförderte ihn Dr. Koch, der nun den Posten von Sven Hölter übernommen hatte, zum Chef des Ressorts „Hessische Politik und Geschichte", und ein Ende seiner Karriere war gar nicht in Sicht, denn er war noch jung und hatte vieles noch vor sich.

Endlich beruhigte sich Bens Gewissen wieder, was er vor allem dem Alkohol zuschrieb, und er war fähig, den Alltag und seinen neuen Job zu meistern. Ein ganzes Jahr zog ins Land, und er lernte sogar eine junge Frau kennen, mit der er schließlich zusammenzog. Sie hieß Chantal Seeger, war Angestellte bei einer Krankenkasse und sehr hübsch. Sie vergötterte Ben und wünschte sich, dass sie so bald wie möglich heirateten. Außerdem wollte sie mehrere Kinder mit ihm haben, was dem jungen Journalisten natürlich schmeichelte.

Aber auch diese positive Wendung in seinem Leben ließ Ben nicht wirklich glücklich werden. Stattdessen entwickelte er einen bösen Hass auf Dr. Stamm, den Mann, der seinem Chef, Samuel Koch, bei der Rundschau direkt übergeordnet war. Er konnte sich wieder nicht davon lösen und plante – wie schon zweimal zuvor – den Mord an Stamm, obwohl er es kaum aushalten konnte, darüber nachzudenken.

Wieder schlief er schlecht und begann mit dem Trinken, was nun natürlich seine Freundin Chantal bemerkte, sich aber ganz und gar nicht erklären konnte. Mehrfach stellte sie ihn zur Rede, aber Ben verriet ihr nicht, was ihn so aus der Bahn warf und plante weiter seinen Mord.

Schließlich war es soweit, und Ben fuhr erneut zum Frankfurter Bahnhofsviertel, um die Waffe und die Munition für seine Tat zu besorgen. Wieder kaufte er alles bei einem Russen und lauerte am Ende Dr. Stamm bei seinem Haus auf. Diesmal aber beobachtete ein Nachbar von Dr. Stamm die Tat und rief sofort die Polizei. Eine Streife, die sich in der Nähe aufhielt, nahm die Verfolgung des Täters auf. Auf der Flucht jedoch wurde Ben in einen Unfall mit einem Lastwagen verwickelt, der für ihn tödlich endete. ...

V

„Sind Sie Frau Chantal Seeger?", fragte der Polizist, der gerade an Ben Voskuhls Wohnungstür geklingelt hatte.

An der Tür war neben Bens Namen auch der Name seiner Freundin angebracht.

„Polizei?", fragte Chantal erstaunt. „Was ist passiert?"

„Polizeimeister Martens", sagte der Polizist. „Ich nehme an, Sie sind die Lebensgefährtin von Herrn Voskuhl?"

„Ist was mit Ben? Los, sagen Sie schon, Herr Martens! Ist etwas Schlimmes geschehen?"

„Ihr Freund ist tödlich verunglückt. Er hatte einen Menschen umgebracht und war auf der Flucht vor der Polizei. Dann hatte er einen Unfall mit einem LKW...!"

Chantal war fassungslos. Ihr Ben, ein Mörder? Und dann auf der Flucht vor der Polizei tödlich verunglückt? Das konnte doch nicht wahr sein. Nein, es musste sich um eine Verwechslung handeln! –

Als sie endlich begriffen hatte, dass es sich nicht um eine Verwechslung handelte, liefen ihr die Tränen in Strömen über die Wangen. Der Polizist bot ihr an, den psychologischen Dienst zu informieren, aber sie lehnte ab.

Am nächsten Tag auf dem Präsidium gab sie dann zu Protokoll, dass sie von nichts gewusst habe, und der ermittelnde Oberkommissar glaubte ihr und ließ sie unbehelligt nach Hause zurückkehren.

Chantal nahm eine Woche Urlaub und weinte sich währenddessen die Augen aus. Sie ließ Ben beerdigen, konnte während der Zeremonie auf dem Friedhof kaum stehen und musste sich schließlich setzen. Ben hatte seinen obersten Chef ermordet. Und dann war er geflüchtet und dabei verunglückt. Niemand konnte ihr erklären, warum er das getan hatte. Ihr gegenüber hatte er nichts, aber auch gar nichts gesagt. Es war einfach nicht zu fassen! –

Als Chantal sich einige Zeit später wieder ein wenig gefasst hatte, klingelte das Festnetztelefon in ihrer Wohnung. Sie ging in den Flur und nahm den Hörer ab.

„Seeger!"

„Guten Tag, Frau Seeger!", sprach eine angenehme Männerstimme. „Mein Name tut nichts zur Sache. Ich habe ein Schriftstück für Sie, das Ihnen Aufschluss darüber gibt, warum Ihr Lebensgefährte Dr. Stamm ermordet hat, und was Sie dazu tun können, den wirklich Schuldigen daran zu bestrafen."

„Und was wollen Sie dafür haben? Geld habe ich nicht. Ich kann Sie also nicht bezahlen."

„Mir geht es nur um die Gerechtigkeit, Frau Seeger. An Geld bin ich nicht interessiert. Ich werde Ihnen das Schriftstück umsonst geben."

„Und wo kann ich Sie treffen?"

„Ich werde morgen Mittag um 12.00 Uhr im Zoo am Eingang des Löwengeheges stehen und eine Baseballkappe mit der Aufschrift „Frankfurt Skyliners" sowie einen dunkelblauen langen Mantel tragen. Ich halte eine Zeitung in der Hand. Seien Sie pünktlich!"

Mit diesen Worten legte der geheimnisvolle Fremde den Hörer auf. Chantal war neugierig geworden. Ein Schriftstück, das erklärte, warum Ben gemordet hatte und den wahren Schuldigen überführte. Also war Ben nicht wirklich schuldig. Sie hatte es doch geahnt! Das musste sie unbedingt lesen. Sie würde morgen Mittag pünktlich am Löwengehege sein. ...

VI

Chantal Seeger traf den Fremden am nächsten Tag zur vereinbarten Zeit am Löwengehege des Frankfurter Zoos. Er war gekleidet, wie er es am Telefon angekündigt hatte. Außerdem trug er einen dunklen Vollbart und eine Sonnenbrille. In der Hand hatte er eine Zeitung. Als sie ihn ansprach, gab er ihr einen weißen Din- a- 4- Umschlag in die Hand. Dann ging er eilig fort, nicht ohne ihr zu sagen, dass sie ihm nicht folgen sollte.

Als er gegangen war, öffnete Chantal den Umschlag. Drinnen befanden sich einige ebenso große Seiten, die mit einer gängigen Computerschrift bedruckt waren. Obwohl sie sehr neugierig war, fuhr sie zunächst mit dem Bus nach Hause. Erst, als sie auf ihrer Couch saß, nahm sie die bedruckten Seiten wieder zur Hand. Sie konnte dort das Folgende lesen:

„Liebe Chantal,

Ihr Lebensgefährte, Ben Voskuhl, hat nicht nur einen, sondern insgesamt sogar drei Menschen ermordet. Die beiden anderen Morde wurden nie aufgeklärt, und bis heute weiß niemand, dass er sie begangen hat.

Alle drei Opfer arbeiteten bei derselben Zeitung, bei der auch er angestellt war. Sie mussten sterben, weil sie seinem Vorgesetzten, Samuel Koch, im Weg standen. Ja, Sie haben richtig gehört! Die Opfer standen Dr. Koch bei seiner Karriere im Weg, und Ihr Freund Ben hat sie getötet.

Nun möchten Sie sicher wissen, warum er dies tat. Der Grund für diese Taten war der, dass Samuel Koch ihn vor den magischen Spiegel stellte, der einst der Fürstin Anna von Mecklenburg gehörte und den er aus einer Ausstellung entwendete, die er selbst mit aufgebaut hatte. Mit diesem Spiegel hat es folgende Bewandnis: Der erste Mensch, der sich vor ihn stellt, wenn er einen neuen Besitzer bekommen hat, verliert seine böse Seite an ihn. Der Zweite, der danach vor ihm steht, bekommt dann diese böse Seite des Ersten und tötet fortan all seine Feinde, ganz gleich, wie er selber zu ihnen steht.

Dies ist also der Grund für Bens Morde, und Sie wissen nun, dass ihn daran eigentlich keinerlei Schuld trifft…" –

Chantal musste gähnen, nicht, weil sie der Inhalt des Briefes langweilte, sondern, weil sie beim Lesen immer müder wurde, ohne dass es dafür einen erkennbaren Grund gab. Es war nämlich erst früher Nachmittag, und sie hatte in der vergangenen Nacht gut und lange geschlafen. Sie las weiter:

„…Nun wollen Sie sicherlich wissen, wie Sie den wahrhaft Schuldigen an den Morden, nämlich Dr. Samuel Koch, bestrafen können. Das will ich Ihnen nun verraten. Sie haben wohl schon bemerkt, dass Sie gerade mehr und mehr die Müdigkeit übermannt, liebe Chantal. In wenigen Augenblicken werden Sie einschlafen. Dann werden Sie jemanden treffen, von dem Sie sich umarmen lassen müssen. Schlafen Sie gut, und träumen Sie schön!"

Als Chantal Seeger den Brief bis zu diesem Ende gelesen hatte, schlief sie wirklich auf der Stelle ein. Das Papier entglitt ihren Händen, sie schloss die Augen und war im Nu im Reich der Träume angelangt.

Wen aber würde sie im Traum treffen, von dem sie sich umarmen lassen musste? …

VII

Im Traum kam Chantal in ein Land, in dem sich Wiesen und Felsen befanden. Die Felsen warfen lange Schatten, und die Wiesen sahen nicht etwa grün aus, sondern hatten vielmehr eine graubraune, fast schwarze Farbe. Der Himmel war wolkenverhangen, und die ganze Landschaft, die sich bis zum Horizont ausdehnte, war grau und trist, ohne einen einzigen Farbtupfer.

Zunächst traf Chantal in dieser Landschaft keinen Menschen, bis sie weiterging und einige Gestalten sah, die traurig die Köpfe hängen ließen und ebenfalls Grau in Grau daherkamen.

„Was mag es mit diesem Schattenreich auf sich haben?", dachte sie und begann, sich nach einem Lichtstrahl oder einem Farbklecks in all diesen schattigen, dunklen Gebilden zu sehnen. Sie überlegte schon, wie sie auf dem schnellsten Weg wieder in ihre Heimat gelangen könne, in das bunte und oft auch sehr fröhliche Frankfurt, als eine Gestalt auf sie zukam, die sie zu kennen glaubte.

„Ben, bist du das? Wie kommst du hierher, und wo sind wir hier? Lebst du, oder treffe ich deinen Geist an diesem furchtbaren Ort?"

Die graue Gestalt mit Bens Gesicht schaute sie traurig an und seufzte laut. Dann sagte sie: „Chantal? Bist du es wirklich? Ach, wärst du doch nie hergekommen!"

„Ben, du bist es tatsächlich! Sag doch, wo sind wir hier, und wie geht es dir?"

„Wir sind hier im Reich der Toten", erwiderte Ben traurig. „Hierher gelangt jeder, der auf Erden gestorben ist. Aber nur die, die in der Welt der Menschen etwas verbrochen haben, müssen hier herumziehen bis zum jüngsten Gericht, es sei denn, sie können ihre Angelegenheiten in Ordnung bringen. Sag mir, Chantal, wie kommst du hierher? Hast du in der Welt der Menschen ebenfalls ein Verbrechen begangen?"

„Nein, mein Schatz!", antwortete Chantal. „Ich habe keine böse Tat begangen. Das Letzte, an das ich mich erinnere, war, dass ich zu Hause auf der Couch saß und einen Brief über dich und die Morde gelesen habe. Darin stand auch, dass du gar nicht die Schuld

146

an diesen Taten trägst. Vielmehr hat dich dein Chef, Dr. Koch, ausgenutzt. Er ist der eigentlich Schuldige und hat von deinen Taten profitiert. Dann stand in diesem Brief noch, dass ich einschlafen und im Traum jemandem begegnen würde, der mich umarmen müsse, und nun bin ich hier."

„Schatz, ich glaube, dass dies meine Chance ist, meine Angelegenheiten in der Welt der Lebenden zu ordnen", sagte Ben, nun schon sichtlich weniger traurig. „Ich muss dich umarmen, und dann kann ich auf der Erde Dr. Koch bestrafen, wie ich es mir wünsche, seit ich hier bin. Ich wusste seit dieser Zeit ebenfalls, dass er die Schuld an meinen Taten trägt, und dass ich gar nicht anders konnte, als seine Feinde aus dem Weg zu räumen. Komm her, Chantal, lass dich in die Arme nehmen, wie es dein Brief verlangt hat!"

„Ja!", sagte Chantal und nickte ihrem Ben zu.

Dieser aber trat vor sie hin und schloss sie stürmisch in die Arme. …

VIII

Bens Geist wurde vom Geist Chantals aufgenommen und in ihren Körper transferiert, der noch immer auf der Couch in ihrem Wohnzimmer schlief. Dort verließ er sie wieder und manifestierte sich in ihren Armen zum Körper Bens, der nun an diesem Ort erwachte. Er setzte sich auf und reckte und streckte sich, während Chantals Körper auf der Couch weiterschlief.

Ben ging nun in den Flur, der noch immer genauso eingerichtet war, wie zu der Zeit, als er noch zusammen mit seiner Lebensgefährtin in dieser Wohnung gelebt hatte. Er stellte sich vor den Spiegel im Flur und sah sich darin an. Gut! Er sah so aus, wie er immer ausgesehen hatte, nur, dass er nun einen dunklen Vollbart trug. Auf einer Kommode lag eine Sonnenbrille, die er sofort aufsetzte. An der Garderobe hing eine Baseballkappe mit der Aufschrift „Frankfurt Skyliners" und ein dunkelblauer langer Mantel. Ben setzte die Kappe auf und zog den Mantel an. Nun würde ihn gewiss niemand auf der Straße erkennen, auch wenn er sich ziemlich sicher war, dass ihn auch so niemand erkannt hätte.

Er steckte Chantals Schlüssel in die Tasche und verließ die Wohnung. Draußen setzte er sich in den Wagen – Chantal fuhr noch immer den Wagen, den sie gefahren hatte, als sie noch zusammen gewesen waren – und ließ den Motor an. Jetzt würde er es Samuel Koch zeigen! –

Ben fuhr zu Dr. Kochs Reihenhaus in Hattersheim hinaus, das sich dieser von ererbtem Geld vor etwa zweieinhalb Jahren gekauft hatte. Als er dort angekommen war, parkte er in einer Seitengasse unweit des Hauses und ging die letzten Meter zu Fuß.

Er hatte Glück! Kochs Wagen stand in der Einfahrt. Er war also zu Hause. Ben klingelte an der Haustür. Zunächst rührte sich nichts. Dann aber kam der Hausherr die Treppe herunter und öffnete.

„Guten Tag, Herr Koch, ist Ihre Frau zu Hause?", fragte Ben, der sich vergewissern wollte, dass Koch alleine war und dass Edda, die er inzwischen geheiratet hatte, außer Haus weilte.

„Sie ist leider nicht da", gab Koch zur Antwort, der Ben in seinem Aufzug nicht erkannte und auch seine Stimme nicht einzuordnen wusste, obwohl er meinte, sie schon einmal gehört zu haben. „Ich muss Sie leider enttäuschen. Kann ich ihr etwas ausrichten?"

„Nein, Herr Koch, das können Sie nicht, denn ich wollte gar nicht zu Ihrer Frau, sondern zu Ihnen."

Samuel Koch stutzte. Diese Stimme kannte er. War das etwa…? Aber das konnte doch nicht sein. Ben Voskuhl war tot! Es musste sich um jemand anders handeln.

„Und… was wollen… Sie… von mir?", stammelte er dann.

„Mein lieber Dr. Koch, erkennen Sie mich denn nicht?", fragte Ben lächelnd.

Dann nahm er Sonnenbrille und Baseballkappe ab und sagte: „Ich bin es doch, der gute Ben Voskuhl, Ihr treuer Mitarbeiter!"

„Ich dachte… Sie wären… tot…, Ben", stammelte Koch weiter. „Wie… können Sie… denn… hier sein?"

„Ach wissen Sie, uns ist im Jenseits so einiges möglich, Herr Koch", erwiderte Ben in scharfem Ton. „Wollen Sie denn gar nicht wissen, warum ich hier bin?"

„Doch!", entfuhr es Koch, und der Schweiß perlte von seiner Stirn.

„Dann will ich es Ihnen sagen", sagte Ben bestimmt. „Ich weiß nun, dass Sie dafür verantwortlich sind, dass ich die drei Morde begangen habe. Sie haben mich nämlich vor den magischen Spiegel der Anna von Mecklenburg gestellt, der Ihre böse Seite an mich abgab, die Sie dort hinterlassen hatten. Sie haben von meinen Taten profitiert und eine große Karriere gemacht. Ich selbst aber hatte davon furchtbare Gewissensbisse und endlich sogar den Tod. Und all das ist sicher nicht ganz gerecht verteilt, oder was denken Sie?"

Samuel Koch war außer sich. Voskuhl wusste alles, und er war gekommen, um ihn zu töten und Rache zu nehmen für alles, was er ihm angetan hatte.

Er drehte sich um und lief in den hinteren Teil des Hauses, um durch die Terrassentür in den Garten zu gelangen und von dort zu fliehen.

Ben aber rief ihm zu: „Sie werden nicht fliehen können, Dr. Koch. Sie werden in diesem Haus bleiben, bis Sie einmal sterben, und niemand wird zu Ihnen hereinkommen können, auch Ihre Frau nicht. Dies ist die Strafe für Ihre Taten. Und weil die Polizei niemals glauben kann, was wirklich geschehen ist, werden Sie nun auf diese Weise lebenslänglich eingesperrt."

Mit diesen Worten schloss Ben Voskuhl die Haustür von außen, ging zurück zu Chantals Wagen, stieg ein und fuhr dann zu ihrer Wohnung zurück. Dort angekommen legte er sich wieder zu ihr auf die Couch, gab ihr einen Kuss auf die Stirn und nahm sie dann in die Arme. Während ihr Körper weiterschlief, schlüpfte er durch ihn hindurch wieder in die Schattenwelt. Sein Körper war in Nu wieder von der Erde verschwunden, und es blieb nichts, rein gar nichts von ihm zurück. …

IX

Samuel Koch hörte, dass Ben sein Haus wieder verließ und blieb atemlos vor seiner Terrassentür stehen. Dieser Idiot! Was hatte er gesagt? Er werde für immer in seinem Haus gefangen sein und niemand könne zu ihm gelangen? So etwas war sicher unmöglich, oder?

Er ging zur Haustür, um sich zu beweisen, dass der Geist des jungen Voskuhl, denn nur darum konnte es sich gehandelt haben, gelogen hatte. Er öffnete die

Tür und trat ins Freie. Na also, er konnte das Haus doch verlassen!

Im selben Moment aber befand er sich wieder drinnen vor der geschlossenen Tür. Er wunderte sich sehr und versuchte ein zweites Mal, das Haus auf diesem Weg zu verlassen. Wieder geschah dasselbe, wie zuvor. Nachdem er das Ganze ein drittes Mal ohne Erfolg probiert hatte, versuchte er, durch die Terrassentür in den Garten zu gelangen. Er öffnete sie und ging hindurch. Kaum stand er jedoch auf der anderen Seite, da befand er sich wieder drinnen im selben Raum vor der verschlossenen Terrassentür. Was war geschehen? War er am Ende tatsächlich in seinem eigenen Haus gefangen?

Die Fenster! Vielleicht konnte er durch ein Fenster entkommen. Er öffnete ein Fenster zum Garten und stieg hindurch. Als er jedoch im Garten mit den Füßen den Boden berührte, befand er sich sofort wieder in dem Raum des Hauses, den er gerade verlassen hatte, vor dem nun erneut verschlossenen Fenster.

Nein! Er kauerte wie ein Häufchen Elend vor dem Fenster am Boden und schüttelte den Kopf. Er war tatsächlich ein Gefangener in seinem eigenen Haus, wie es Ben Voskuhl gesagt hatte.

Am späten Nachmittag kam schließlich seine Frau zurück und versuchte, durch die Haustür ins Haus zu gelangen. Kaum hatte sie jedoch die Tür aufgeschlossen und war in den Hausflur getreten, da stand sie auch schon wieder draußen vor der verschlossenen Haustür. Sie versuchte es über die Terrasse. Ihr Mann öffnete ihr die Tür, aber das Ergebnis war dasselbe. Ebenso war es bei den Fenstern. Koch erklärte ihr verzweifelt, dass er das Haus nicht verlassen konnte und nicht begriff, auf welche Weise so etwas mit ihm geschah und wie er dies um Himmels willen ändern konnte. Wieder war er wie am Boden zerstört. –

Seine Frau holte schließlich die Polizei. Diese versuchte, die Tür aufzubrechen. Der Erfolg war derselbe. Die Beamten überlegten, durch eine kleine und kontrollierte Sprengung in der Hauswand oder im Dach eine Öffnung zu schaffen, durch welche der Hausherr entkommen konnte. Aber auch dies misslang. Wand und Dach blieben unversehrt. Der Versuch, mit einem Bagger ein Loch in die Außenwand zu brechen, blieb ebenfalls erfolglos. Die Wand gab keinen Zentimeter nach. –

Erst sechs Wochen später, als sie es noch einmal versuchte, gelang es Edda Koch, die Haustür zu öffnen, ins Haus zu gelangen und sich darin zu bewegen. Als sie die Badezimmertür öffnete, fand sie dort ihren Mann. Er lag in seinem Blut in der Badewanne, hatte sich die Pulsadern aufgeschnitten und war offensichtlich schon länger tot. –

Chantal Seeger wachte Sekunden, nachdem Ben durch ihren Körper hindurch in die Schattenwelt zurückgekehrt war, auf ihrer Couch im Wohnzimmer auf. Sie konnte sich an nichts erinnern, weder an ihr Treffen im Zoo und den Brief, den sie gelesen hatte, noch daran, dass sie Ben im Schattenland getroffen hatte und wie er durch sie für einige Zeit in die Welt der Menschen zurückkehrte. Es dauerte längere Zeit, dann hatte sie Ben und die schrecklichen Umstände seines Todes aus ihrem Gedächtnis verdrängt. Von Samuel Kochs Tod erfuhr sie aus der Zeitung, in welcher aber nichts darüber geschrieben stand, warum er sich das Leben genommen hatte.

Omigo

I

Man schrieb das Jahr 2104, und die Welt war aufgeteilt zwischen vier Supermächten, den USA, China, Russland und Europa. Die drei erstgenannten Mächte waren allesamt Autokratien und besaßen große Arsenale an Atomwaffen, mit denen sie sich gegenseitig bedrohten. Die vierte Supermacht, der Bundesstaat Europa, war jedoch eine Demokratie, in welcher auch die einzelnen Länder, aus denen er hervorgegangen war, bestimmte Kompetenzen hatten, die hauptsächliche Macht aber beim Bundesparlament in Brüssel lag.

Auch Europa hatte viele Atomwaffen, mit welchen es mehrfach die ganze Welt auslöschen konnte, sodass es keine der drei Autokratien wagte, es anzugreifen, genauso wenig, wie sie es wagten die jeweils anderen Autokratien zu attackieren.

Es herrschte also ein atomares Gleichgewicht des Schreckens, und auf diese Weise blieb es auf der Erde friedlich. Hätten die drei Autokratien jedoch keine Atomwaffen in ihrem Besitz gehabt, so wäre wohl ihr jeweiliges Imperium auseinandergebrochen, denn die von ihnen unterdrückten Länder strebten eigentlich nach einer demokratischen Staatsform, was die Führung der USA in Mittel- und Südamerika, die Chinesen in Asien und Russland in seinem Einflussbereich im Nahen und Fernen Osten mit aller Macht zu verhindern wussten.

Im Sommer des Jahres 2104 jedoch bahnte sich eine Wende an, die das atomare Gleichgewicht zwischen den Supermächten zu Gunsten der demokratischen Welt verändern konnte.

In Europa nämlich – es hatte gegenüber den anderen einen Vorsprung in Wissenschaft und Technik, weil die Wissenschaftler und Ingenieure in einer demokratischen Staats- und Gesellschaftsform besser arbeiteten und dort auch besser gefördert wurden, als in den Autokratien –hatten einige Spitzenphysiker und -ingenieure in diesem Jahr eine Abwehrwaffe entwickelt, die die Machtverhältnisse auf der Welt ins Wanken brachte.

Diese Abwehrwaffe war nämlich eine Waffe, die in Bruchteilen von einer Sekunde alle Atomwaffen aller Gegner am Boden, in der Luft und auf dem Meer zerstören konnte, bevor die Führungen der anderen Mächte diese schrecklichen Zerstörungswaffen losschicken konnten.

So war es natürlich nicht verwunderlich, dass die Existenz der Pläne dieser ultimativen Defensivwaffe in Europa nur wenigen Entscheidungsträgern bekannt war und höchster Geheimhaltungsstufe unterlag.

II

Dennoch schliefen die Geheimdienste der Autokratien der Welt nicht, und sie hatten ihre Spitzel überall. Durch einen Informanten in der Wissenschaft gelangte letztlich nicht nur die Information an einen Agenten der USA, dass Europa bald in der Lage sein würde, die anderen Supermächte zu besiegen, sondern er bekam zudem die Chance, die Pläne der Defensivwaffe, die dies bewerkstelligen konnte, zu stehlen.

Der Deckname dieses Agenten war *Omigo*, und er arbeitete verdeckt in Brüssel, wo er auch die Gelegenheit bekam, die Pläne der europäischen Superwaffe zu stehlen. Dies geschah auf die folgende Weise. Der Chefingenieur der englischen Rüstungsfirma, die die Waffe zusammen mit französischen und deutschen Firmen entwickelt hatte, wollte am 1. September des Jahres die Pläne dafür dem Verteidigungsminister Europas übergeben, der sie durchlesen und Fragen dazu stellen würde.

Dies war die Chance, auf die Omigo gewartet hatte. Er hatte nämlich die Möglichkeit, die Pläne genau dann ebenfalls zu lesen, wenn es der Minister tat und sie zur gleichen Zeit auf seinen Laptop zu überspielen. Dies wurde dem Agenten durch eine Spezialbrille ermöglicht. Setzte man jene auf, während in maximal fünf Kilometern Entfernung ein Schriftstück gelesen wurde, so hatte man genau das vor Augen, was der Leser gerade las. Wenn man aber das Gelesene vor Augen hatte, so sorgte dies dafür, dass das Gelesene durch die Gedanken daran auf der Festplatte eines beliebigen Laptops oder Tablets gespeichert wurde. Diese Technik hatten Wissenschaftler in den USA entwickelt.

Also musste Omigo nur eine Örtlichkeit in der Nähe des Verteidigungsministeriums aufsuchen, zur richtigen Zeit Brille und Laptop aktivieren und mitlesen, was der Verteidigungsminister las, was er auch tat. So hatte er in etwa einer Stunde alle Daten auf seinem Laptop gespeichert, welche es über die neue Waffe der Europäer gab und machte sich anschließend auf dem Weg zu seiner Botschaft in Brüssel. Da die Europäer natürlich alle Nachrichten kontrollieren die von der Botschaft in die USA und umgekehrt geschickt wurden, würde er am nächsten Tag mit einem Diplomatenpass in die USA fliegen, im Gepäck einen Stick mit den Daten, die sein Land vor einem Angriff Europas retten würden.

III

Ralph Amond, so hieß Omigo mit richtigem Namen, tat, was er sich vorgenommen hatte. Er bestieg am nächsten Tag einen Flieger nach Washington, um das Pentagon aufzusuchen und dem Verteidigungsminister seines Landes den Stick mit den Daten über die neue Defensivwaffe der Europäer zu übergeben.

Als Ralph im Pentagon angekommen war und dort erzählt hatte, was er im Gepäck bei sich trug, dauerte es nur wenige Augenblicke, bis er vom Verteidigungsminister empfangen wurde. Er schilderte diesem, was er den Europäern entwendet hatte und übergab ihm anschließend den Datenstick. Der Minister steckte diesen in die passende Buchse an seinem PC und schaute sich die Daten zuerst einmal selbst an. Dann sagte er: „Mein lieber Amond, das kann ich selbst erst einmal nicht verstehen. Ich muss die Daten unseren Technikern zeigen, die sie dann sichten und für mich entschlüsseln werden. Sie sagten, es handele sich um die Pläne zu einem Abwehrsystem, das alle anderen Atommächte der Welt wehrlos machen kann. Ist das so?"

Ralph nickte und antwortete: „Ja, Sir!"

„Dann nehmen Sie sich jetzt erst einmal ein paar Tage Urlaub. Bis dahin werden unsere Jungs wissen, was das für ein Waffensystem ist. Anschließend werde ich Sie dem Führer vorstellen, und er wird Sie dann reichlich entlohnen."

156

Mit diesen Worten entließ der Minister den Agenten, und dieser suchte sich zunächst eine Unterkunft in der Nähe. Das war ja wunderbar für ihn gelaufen.

Unterdessen aber trat der Agent des europäischen Geheimdienstes, der für die Überwachung des Schriftverkehrs der amerikanischen Ministerien zuständig war, in Aktion. Er war als normaler amerikanischer Unternehmer getarnt und besaß für jedes Ministerium der Vereinigten Staaten einen USB-Stick. Steckt er einen der Sticks in seinen PC, der bei ihm zu Hause, nicht weit entfernt vom Weißen Haus, im Arbeitszimmer stand und aktivierte ihn, so konnte er alles lesen, was an dem Tag, an welchem er es tat, auf dem Rechner des jeweiligen Ministers passiert war.

Da er schon seit drei Tagen nicht mehr den PC des Verteidigungsministers überprüft hatte, tat er es an dem Tag, als Ralph dem Minister seinen Stick gegeben hatte. Der europäische Agent merkte sofort, dass der Minister von einem Agenten namens Omigo brisante europäische Daten hochgeladen hatte und berichtete Europa auf einem Kanal davon, den die Amerikaner noch nicht überwachten.

Der Empfänger war Nachricht, ein Oberst namens Jones, begriff sofort, dass Omigo die Daten über die neue Waffe gestohlen und in die USA gebracht hatte. Er gab diese Meldung an den Chefingenieur des europäischen Heeres weiter, und dieser unternahm sofort etwas, denn seine Leute hatten ein Gerät entwickelt, das in diesem Fall helfen konnte.

Bei diesem Gerät handelte sich um einen ganz speziellen Wecker. Stellte man an diesem Datum, Uhrzeit, Dauer und Ort eines bestimmten Ereignisses ein und legte sich dann daneben schlafen, so war mit den

Klingeln des Weckers am nächsten Morgen das Ereignis, dessen Daten man eingestellt hatte, für alle Zeiten ungeschehen gemacht, hatte also nie stattgefunden.

Der Chefingenieur stellte also die Daten ein, die die Zeit umfassten, in der Omigo nach Amerika geflogen war und seinem Verteidigungsminister den USB-Stick übergeben hatte und legte sich neben dem Wecker schlafen.

Als dieser ihn am nächsten Morgen weckte, war das Ereignis vollständig aus der Zeit gelöscht, und Omigo war nie in die USA geflogen. Allerdings machte er sich gerade mit dem Stick auf den Weg zu einem Flugtaxi, um in die USA zu fliegen. Viel Zeit blieb den Europäern also nicht mehr.

IV

Der Chefingenieur des europäischen Heeres bekam kurze Zeit, nachdem er aufgestanden war, die Nachricht, dass Omigo erneut auf dem Weg in die USA war, sodass die Europäer ihn nicht mehr in Europa dingfest machen konnten. Wenn man aber einen Jäger losschickte, um sein Flugtaxi über dem Atlantik abzuschießen oder aber eine Mittelstreckenrakete aktivierte, so würde dies die Abwehr der Amerikaner feststellen und als einen Akt gegen ihr Land werten. Was also sollten die Europäer tun?

Oberst Jones und seine Ingenieure überlegten fieberhaft, bis einer der jüngeren Ingenieure sagte: „Ich habe eine Idee! Meine Großmutter lebt in einem kleinen Dorf an der Atlantikküste und hat so etwas wie magischen Kräfte. Wenn Sie es erlauben, Oberst, so rufe ich sie an und bitte sie, Omigo auf seinem Weg in die USA zu stoppen.“

„Und Sie sind sicher, dass Ihre Großmutter das kann?", fragte der Oberst.

Der Ingenieur nickte.

„Mein lieber Oberst", mischte sich der Chefingenieur des Heeres ein. „Wenn wir nicht einen diplomatischen Zwischenfall großen Ausmaßes mit den Amerikanern riskieren wollen, dann ist das unsere einzige Chance, Omigo zu stoppen."

„Na gut!", sagte Oberst Jones. „Rufen Sie die Frau in Gottes Namen an. Aber ich sage Ihnen gleich, sollte sie den Mistkerl nicht stoppen, so schicke ich ihm einen Kampfjet, egal, was die Amis dann tun."

Der junge Ingenieur nahm sein Smartphone und rief seine Oma an. Diese wollte den Namen des Agenten wissen und sagte dann zu ihrem Enkel, sie werde Omigo stoppen. Danach ging sie herunter zum Strand und schrieb mit einem Stöckchen den Namen des Agenten in den Sand. Schließlich konnte sie beobachten, wie die Wellen den Schriftzug in Windeseile wegspülten. Die alte Frau nickte zufrieden und ging langsam zu ihrem Haus zurück.

Der Oberst und seine Ingenieure allerdings beobachteten im selben Moment, in welchem die Wellen den Namen des fremden Agenten fortspülten, wie das Flugtaxi aus dem Radar verschwand. Als ein Kriegsschiff Tage später die Überreste des Taxis im Meer fand, war sicher, dass keiner den Absturz hatte überleben können. Der Atlantik jedenfalls gab Omigo und seinen USB-Stick nie wieder her.

Das Wanderhaus

I

Benjamin war auf dem Weg durch die Altstadt zur Universität. Gedankenverloren ging er an den schmucken Fachwerkhäusern vorbei, ohne Einzelheiten wahrzunehmen, denn er dachte nach. Als er aber an die Ecke Gerichtsweg und Rathausplatz kam, schaute er sich um. War da nicht eben…?

Er ging einige Schritte zurück. Ja! Dort stand ein Fachwerkhaus, mindestens hundertfünfzig Jahre alt, an einer Stelle, an der – Benjamin rieb sich die Augen und traute seinem Gedächtnis nicht so recht – an einer Stelle, an der zuvor kein Haus gestanden hatte! Wenige Sekunden später hatte sich der Student wieder gefasst und schüttelte den Kopf. Er hatte sich geirrt. Natürlich hatte er sich geirrt. Das Haus stand dort schon immer. Was er sich nur immer zusammenreimte.

Kopfschüttelnd ging er weiter und dachte erneut über seine Hausarbeit nach, in welcher er sich mit theologischen Überlegungen beschäftigte. Als er schließlich an der theologischen Fakultät ankam, hatte er den Vorfall vergessen. –

An dem Haus, das Benjamin zunächst aufgefallen war, konnte man ein Schild betrachten, das darauf hinwies, dass dort ein Psychiater praktizierte, ein habilitierter Mediziner namens Josefus. Wenn man etwas genauer hinschaute, konnte man diesen Mann auch ab und zu dabei sehen, wie er das Haus verließ oder heimkehrte. Es handelte sich bei Professor Josefus um einen großen, gutaussehenden Mann in den

besten Jahren, mit grauen Haaren, einem grauen Vollbart, grünen Augen und einer goldenen Metallbrille
auf der Nase, die leicht ovale Gläser hatte und ihm ein
intellektuelles Aussehen verlieh.

Bald schon konnte man auch verschiedene Frauen
zu seiner Praxis kommen sehen, die, durfte man den
Gerüchten glauben, die sich um den Arzt rankten,
von Depressionen heimgesucht wurden, denn die Behandlung dieser Krankheit war, schaute man sich
seine Internetseite an, sein Fachgebiet.

Was dann aber genau mit den Patientinnen des
Professors in seiner Praxis geschah, war dem norma-
len Beobachter nicht zugänglich, aber es war derma-
ßen interessant, dass die Geschichte darüber nun dem
Leser erzählt werden soll.

II

Nehmen wir einmal die junge und sehr hübsche
Patientin namens Vera Schur. Diese sprach nur wenige Tage, nachdem Benjamin, der Theologiestudent,
gedacht hatte, das Haus sei bisher nicht in der Altstadt zu sehen gewesen, bei Professor Josefus vor.

Vera war – wie gesagt – jung und sehr hübsch und
hatte vor einiger Zeit ihre Eltern bei einem Verkehrs-
unfall verloren, was sie depressiv machte und sogar
an Suizid denken ließ. Bisher konnte ihr keiner der
Ärzte der Universitätsklinik helfen, sodass sie in der
Behandlung durch Professor Josefus quasi ihre letzte
Chance sah, ihre Erkrankung doch noch in den Griff
zu bekommen.

In einer ersten Besprechung machte ihr der Professor Hoffnungen, sie werde ihre Depression loswerden, wenn sie sich von ihm behandeln lasse. Also wil-

ligte sie ein und ließ sich Termine geben. Zunächst erhielt sie vier Termine in zwei Wochen, in denen sie seine Praxis aufsuchen sollte. –

Am Donnerstag der Woche kam Vera pünktlich an, und der Mediziner bat sie in eins seiner Behandlungszimmer. Dort standen ein Tisch, auf welchem sich ein Tonband befand, ein Sessel und eine Couch, deren Kopfende zum Sessel hinzeigte.

Josefus bat Vera, sich auf die Couch zu legen und setzte sich selbst in den Sessel daneben. Als sie sich ausgestreckt und ein wenig entspannt hatte, schaltete er das Tonband ein.

„Meine liebe Frau Schur! Erzählen Sie mir doch bitte jetzt von Ihrer Vergangenheit, und zwar begonnen mit Ihrer Kindheit, so viel, wie Sie in einer Stunde erzählen können. Das Tonband hier wird aufzeichnen, was Sie sagen, sodass ich das Erzählte später analysieren kann. Dies werden wir in den kommenden Wochen fortsetzen, bis Sie im Hier und Heute angekommen sind. Nach meiner Analyse Ihrer Erlebnisse werde ich versuchen, Ihnen einen Weg aufzuzeigen, wie Sie Ihre Depression loswerden können. Also dann!"

Vera überlegte zunächst einen Moment und erinnerte sich an ihre Kindheit. Dann erzählte sie Josefus alles, was ihr dazu einfiel. Das Tonband jedoch zeichnete alles auf, was sie gegenüber dem Psychiater äußerte.

So vergingen acht Therapiestunden, in denen Vera quasi ihr ganzes Leben vor Josefus ausbreitete, und dieser nahm alles auf Band auf, was sie ihm mitteilte. Endlich war Vera in der Gegenwart angekommen, und nun stoppte der Professor die Aufzeichnung.

Im selben Moment aber, als der Arzt alle Erinnerungen der Patientin auf diesem Tonband aufgezeichnet hatte, verlor Vera diese aus dem Gedächtnis und konnte sich an nichts aus ihrer Vergangenheit mehr erinnern. All ihre Erinnerungen waren im Nu gelöscht, und ihr war, als sei sie gerade erst geboren worden.

Professor Josefus aber zog im selben Augenblick eine Pistole hervor und richtete sie auf Veras Brust.

„Stehen Sie auf und gehen Sie voran! Ich werde Sie nun an einen Ort bringen, an welchem Sie eine Weile warten werden."

Vera wollte nicht vorangehen, da sie nichts Gutes mehr von diesem Kerl erwartete, aber er schlug ihr ins Gesicht und zwang sie, vor ihm herzulaufen. Er dirigierte sie in einen dunklen, ungemütlichen Kellerraum, in welchem schon drei weitere Frauen mit teilnahmslosen Gesichtern und völlig apathisch auf dem Boden saßen, mit dem Rücken an die Wand gelehnt. Sie waren jedoch alle jung und hübsch.

Der Psychiater stieß sie in den Raum hinein und schloss hinter ihr die schwere Eisentür. Sie konnte nur noch hören, wie der Schlüssel umgedreht wurde. Dann war alles still, und keine der Frauen sagte auch nur ein Wort.

III

Wenige Stunden später öffnete Professor Josefus die Kellertür erneut und befahl Vera Schur, mit ihm zu kommen. Da er wieder seine Pistole in der Hand hatte, wagte sie nicht, sich zu widersetzen und folgte ihm ins obere Stockwerk seines Hauses.

163

Dort oben aber befand sich ein Fotostudio, und er befahl ihr, sich in Positur zu setzen und schoss verschiedene Fotos von ihr. Vera wagte nicht, den Arzt zu fragen, wozu er ihre Fotos brauchte und ließ sich anschließend wieder von ihm in den Keller einschließen.

Als Josefus sie hinuntergebracht hatte, ging er zum Fotostudio zurück und bearbeitete dort die Digitalfotos von Vera. Er brauchte sie nämlich für einen digitalen Katalog, den er ins Darknet gestellt hatte und in welchem sich die Fotos aller Frauen befanden, die er auf diese Weise behandelt hatte. Dieser Katalog diente dazu, die Frauen fremden Männern anzubieten, die sehr viel Geld hatten und eine Ehefrau suchten, die ihnen hörig war. Immer dann, wenn Josefus eine der Frauen an einen solchen Mann verkaufte, kassierte er dafür eine große Summe.

Und noch einen Dienst im Zuge eines solchen Geschäfts bot der Unhold seinen Kunden an. Der jeweilige Kunde konnte sich eine Geschichte wünschen, die die Vergangenheit der Ware beschrieb. Das heißt, der Psychiater schrieb eine Vergangenheit der von ihm verkauften Frau, die der Kunde auswählte, auf ein besonderes Papier und gab dieses dann der Frau zum Lesen, die ja ihre echte Vergangenheit gänzlich vergessen hatte. Wenn die verkaufte Frau nun die erfundene Geschichte ganz gelesen hatte, dann war ihr Gedächtnis mit dieser gefüllt, und sie selber dachte, es handele sich bei ihr um ihre echte Vergangenheit.

Auf diese Weise erhielt der jeweilige Kunde eine Ehefrau, deren Vergangenheit gänzlich seinen Wünschen entsprach und die ihm so ergeben war, wie er es selbst in dieser Wunschgeschichte festlegen konnte. –

Für Vera Schur interessierten sich sofort sehr viele Männer, als Josefus ihre Fotos in seinen Katalog aufgenommen hatte, und der Professor verkaufte sie schon bald an den Meistbietenden. Er entwarf für sie ganz nach den Wünschen dieses Mannes eine neue Vergangenheit und zwang sie sehr bald, diese, die er auf sein magisches Papier geschrieben hatte, zu lesen.

Wenige Wochen später heiratete sie dann den Mann, der sie auf diese Weise erworben hatte und zog mit ihm nach Kanada, wo ihr neuer Gatte ein gutgehendes Industrieunternehmen besaß.

Kaum aber war diese Transaktion abgeschlossen, da geschah das Unglaubliche, was den Psychiater, der hinter all dem steckte, immer vor der Entdeckung bewahrt hatte. Sein Haus verschwand nämlich mit ihm selbst und allen Frauen, die dort noch im Keller auf neue Besitzer warteten, aus der kleinen Universitätsstadt in Deutschland und tauchte im selben Augenblick in einer französischen Metropole wieder auf, wo der gute Professor nun sein Business fortsetzen konnte, ohne von Irgendjemand behelligt zu werden.

IV

Konrad Schur, der ehemalige Mann des letzten Opfers von Professor Josefus, war inzwischen außer sich. Eines Tages war seine Frau spurlos verschwunden, und er hatte keine Idee, wohin sie gegangen sein könnte. Er schaltete sogar die Polizei ein, die sehr intensiv nach Vera suchte, doch auch dies brachte keinen Erfolg, sodass ihm die Beamten nach einigen Monaten sagen mussten, dass sie keine Chance mehr sahen, seine Frau noch zu finden.

So zogen einige Jahre ins Land, und Konrad Schur fand sich schließlich damit ab, Vera niemals wiederzusehen. Eine neue Frau jedoch wollte er auch nicht kennenlernen, denn sein Schmerz über den Verlust von Vera, die er sehr geliebt hatte, saß tief.

Da Konrad aber ein gutgehendes Exportgeschäft hatte, war er oft im Ausland unterwegs, vor allem in Nord- und Südamerika. Als er einmal in Kanada zu tun hatte, geschah etwas, was sein Leben völlig umkrempelte.

Er schloss ein Geschäft mit einem dortigen Industrieunternehmen ab und wurde von dem Unternehmer eingeladen, an einer Party seiner Firma teilzunehmen. Dort war auch der Unternehmer selbst zugegen und mit ihm seine junge und schöne Frau, die er erst vor wenigen Jahren geheiratet hatte.

Als Konrad jedoch diese Frau zu Gesicht bekam, traute er seinen Augen kaum. Das war Vera, seine eigene Frau, oder doch zumindest ihre kanadische Doppelgängerin. Er fragte einen Angestellten des Unternehmers aus, mit dem er seine Geschäfte abgewickelt hatte und erfuhr, dass die Frau des Chefs aus Deutschland stammte. Allerdings hatte sie eine ganz andere Vergangenheit, als Vera sie gehabt hatte.

Dennoch glaubte Konrad nicht daran, dass diese Frau, die er bisher nur aus der Ferne beobachtet hatte, zufällig genauso aussah wie seine Vera. Er beschloss, sie auf der Feier nicht anzusprechen, weil sie in Begleitung ihres Gatten war. Vielmehr wollte er ihr in den nächsten Tagen einmal unauffällig folgen und sie unterwegs bei passender Gelegenheit in ein Gespräch verwickeln.

Er beobachtete sie auf dem Fest noch weiter, und sein Gedanke, dass sie tatsächlich *seine* Vera sein könnte, verfestigte sich dabei mehr und mehr. Endlich verließ sie mit ihrem Mann die Feier, und Konrad blieb noch eine Weile dort.

Am Abend lag er in seinem Hotelzimmer im Bett und konnte nicht einschlafen. Handelte es sich bei der Schönen auf dem Betriebsfest um seine Frau, oder sah sie nur so aus, wie diese? Erst lange nach Mitternacht fiel Konrad in einen unruhigen Schlaf.

V

Am nächsten Morgen fuhr Konrad sehr früh mit seinem Mietwagen zum Haus des kanadischen Unternehmers, um der schönen Frau, die aussah wie Vera, zu folgen und eine Gelegenheit abzuwarten, sie allein zu treffen und anzusprechen.

Gegen 10 Uhr am Vormittag verließ die Schöne mit ihrem Hündchen an der Leine das Haus und ging in Richtung Stadtkern, wo sie wohl einkaufen wollte. Wieder dachte Konrad bei sich, dass es sich wohl tatsächlich um Vera handeln könne, denn diese hatte früher ebenfalls ein Hündchen gehabt, weil sie Tiere sehr liebte.

Als sie sein Auto passiert hatte und schon einige Meter gegangen war, verließ Konrad den Wagen und folgte ihr unauffällig mit einigem Abstand.

Endlich hatte die Frau die Innenstadt erreicht und sah sich nach einem Café um, wo sie ein zweites Frühstück zu sich nehmen wollte. Bald schon hatte sie ein geeignetes Lokal gefunden und setzte sich, da das Wetter gut war, davor an einen Tisch in der Nähe der Straße. Konrad trat unauffällig an ihr vorbei in den Schankraum hinein und nahm sich einen Tisch am Fenster, von welchem aus er sie sehr gut beobachten konnte.

Sie bestellte ein Croissant und einen Milchkaffee und ließ es sich schmecken. Während Konrad nur ein Wasser nahm, ließ die Schöne ihrem Hündchen noch einen Napf voller Wasser bringen und stellte diesen unter ihren Tisch, wo das Tier es sich gerade bequem gemacht hatte.

Während die Frau genüsslich frühstückte, nippte Konrad nur an seinem Wasser und überlegte, ob er sie jetzt ansprechen konnte, ohne dass sie den Verdacht schöpfte, er wolle etwas von ihr. Schließlich schüttelte er den Kopf und beschloss, noch zu warten, bis sich eine unverfänglichere Situation ergab. Also wartete er, bis sie zahlte, zahlte ebenfalls und wollte ihr gerade weiter folgen, als sich ihr Hündchen losriss und auf die Straße zu laufen drohte.

Alarmiert schrie die Schöne ihrem Hund hinterher und wollte ihm gerade folgen, als ein Lastwagen um die Ecke bog und genau auf das Tier zufuhr. Voller Angst rief die Frau weiter um Hilfe, und Konrad lief eilig auf die Straße. Er griff den Hund, der überrascht stehengeblieben war, mit beiden Händen und erreichte mit ihm den Bürgersteig in dem Moment, als der Laster vorbeischoss.

Auf dem Bürgersteig angekommen ergriff Konrad die Leine des Hündchens und setzte ihn auf den Boden. Dann zog er ihn zu seiner Besitzerin hin und übergab ihr mit einem Lächeln die Leine.

„Bitte sehr, schöne Frau, das ist ja gerade noch einmal gut gegangen!", sagte Konrad.

„Sie sind ein Schatz!", sagte die Schöne und atmete tief ein und aus. „Wenn Sie nicht gewesen wären, wäre mein kleiner Piccolo nun tot. Kommen Sie her!"

Mit diesen Worten gab sie Piccolos Retter einen Kuss auf den Mund.

Im selben Moment aber erkannte sie ihren Mann, erinnerte sich an ihre gesamte Vergangenheit und begriff, was Professor Josefus ihr angetan hatte. Ihre Liebe zu Konrad entflammte erneut, und sie fiel ihm in die Arme und küsste ihn noch mehrmals. Endlich zog sie ihren Mann mit sich zurück zum Café, und die beiden setzten sich nun gemeinsam an einen Tisch.

Konrad, der glücklich war, dass Vera sich erinnerte, sorgte dafür, dass Piccolo nicht weglaufen konnte. Dann hörte er der Erzählung seiner Frau zu, die ihm von dem Psychiater und seinen Machenschaften sowie von ihrem neuen Mann berichtete.

Als Konrad dann die ganze Geschichte kannte, fragte er Vera, ob sie einen Weg wisse, wie man Josefus und seinen Kunden das Handwerk legen und die armen Frauen, die der Arzt in die Fremde verkauft habe, befreien könne. Er wollte nämlich die bösen Geschäfte des Tunichtguts endgültig stoppen und diesen nach Möglichkeit dafür zur Rechenschaft ziehen.

Vera überlegte eine Weile. Dann sagte sie zu ihrem wiedergefundenen Mann: „Komm mit! Alles, was wir brauchen, um zu tun, was du dir wünschst, finden wir im Haus von Bertrand, meinem kanadischen Käufer. Ich weiß, dass er bis zum Abend im Unternehmen sein wird, und so können wir ungestört in seinem Haus einen Weg suchen, Josefus und die Käufer der Frauen zu bestrafen."

„Dann lass uns keine Zeit verlieren!", sagte Konrad, zahlte und machte sich dann zusammen mit ihr auf den Weg zum Wohnhaus von Bertrand.

VI

Eine halbe Stunde später kamen Konrad und Vera im Haus von Bertrand an.

„Lass uns nach oben gehen!", sagte Vera und zeigte auf die Treppe. „Oben ist Bertrands Arbeitszimmer, und wenn wir irgendwo im Haus etwas über seine Geschäfte mit Professor Josefus finden werden, dann dort."

Konrad nickte, und Vera ging voran, nachdem sie Piccolo ins Wohnzimmer gebracht und die Tür geschlossen hatte. Oben angekommen zeigte Vera auf die zweite Tür an der linken Seite des Flurs.

„Dort hinein!"

Sie öffnete die entsprechende Tür, und Konrad sah einen großen Aktenschrank an der gegenüberliegenden Wand, davor einen Schreibtisch mit Stuhl, zwei kleine Sessel, ein Regal mit Büchern an der linken Wand und rechts unter dem Fenster ein Tischchen mit Gläsern und Getränken.

Auf dem Schreibtisch stand ein Computerbildschirm, davor lag eine Tastatur mit Maus, und der dazugehörige Computer war unter dem Schreibtisch untergebracht.

„Weißt du sein Passwort?", fragte Konrad und deutete auf den Bildschirm.

„Sein Geburtsdatum, der 7.11.95", antwortete Vera.

Konrad fuhr den Computer hoch und schaute sich die Dateien an. Eine war mit *Frauenkauf* beschriftet. Als er sie öffnete, fand er darin alles über den Kauf von Vera auf den Darknetseiten von Professor Josefus.

Auch der Zugang zu den Seiten des Psychiaters war dort verzeichnet sowie dessen Nummer eines

Kontos in der schweizerischen Stadt Bern. Konrad schaute sich längere Zeit auf den Seiten des Arztes in Darknet um und entdeckte darauf einen Hinweis auf sein Wanderhaus und einen Link zu einem Text darüber.

Er las diesen Text sehr aufmerksam und verließ dann das Darknet und fuhr den Computer herunter. Dann erzählte er Vera, was er dort erfahren hatte.

„Der Professor lebt und arbeitet – wie du weißt – in einem Wanderhaus. Immer dann, wenn eine Patientin zu ihm kommt, die jung und hübsch genug ist, stiehlt er ihr mit einem magischen Tonband ihre Vergangenheit und pflanzt ihr mit der Hilfe von Zauberpapier eine neue ein. Schließlich schießt er Fotos von ihr für seinen Katalog und verkauft sie an den meistbietenden Mann. Auch das weißt du alles schon. Nach jedem Verkauf einer Frau an einen Kunden wandert das Haus und taucht in einer anderen Stadt wieder auf. Die Geschichte des Wanderhauses und seines Besitzers aber ist im *Wanderbuch* verzeichnet. Dieses Wanderbuch befindet sich in der größten Bibliothek der Stadt Bern."

„Das ist mir neu, Konrad", sagte Vera. „Aber was nützt es uns, dies alles zu wissen?"

„Das will ich dir sagen", erwiderte ihr Mann. „Wenn jemand das Wanderbuch liest, stirbt der Herr des Wanderhauses, und alle Frauen, die er noch gefangen hält oder bereits verkauft hat, sind im selben Moment frei."

„Aber die Sache hat einen Haken", vermutete Vera, als die Konrad skeptische Miene sah.

„Hat sie! Derjenige, der das Wanderbuch liest, stirbt ebenfalls im selben Augenblick, in dem er das Buch ausgelesen hat, zumindest dann, wenn er ein ganz normaler Mensch ist. Er gibt also quasi sein Leben dafür hin, dass er das Leben des Professors beendet und die gefangenen und verkauften Frauen rettet. Aber ich habe da so eine Idee, mein Schatz, wie wir trotzdem erreichen, was wir wollen."

„Und die wäre?", fragte Vera.

„Lass uns das Land verlassen und nach Bern fahren!", forderte Konrad. „Wenn wir dort sind, sollst du erfahren, was ich plane."

Die beiden verließen noch in derselben Stunde das Haus von Bertrand und flogen mit dem nächsten Flugzeug nach Bern.

VII

In Bern angekommen ließen sich Konrad und Vera mit dem Taxi zur größten Bibliothek der Stadt fahren. Dort suchten sie eine Weile nach dem Wanderbuch, ohne es zu finden. Vera kam dann auf die Idee, eine Angestellte des Hauses nach dem Buch zu fragen, was Konrad auch tat.

„Das Wanderbuch?", fragte die junge Bibliothekarin. „Das ist das Buch, das Sie suchen?"

Konrad nickte.

„Warten Sie einen Augenblick! Ich will eben im Computer nachschauen. Ich glaube, ich habe schon einmal von diesem Titel gehört."

Sie schaute eine Weile auf ihren Computerbildschirm und hantierte eifrig mit der Maus. Noch ein letzter Klick, dann nickte sie Konrad zu.

„Ich habe Ihr Buch gefunden. Es gibt davon nur ein einziges Exemplar, das im oberen Stockwerk steht. Ich hole es Ihnen herbei."

Vera und Konrad warteten einen Moment, während die junge Frau mit dem Aufzug ins obere Stockwerk fuhr. Minuten später kam sie zurück und händigte Konrad ein dickes Buch aus, auf dessen Rücken in goldenen Lettern der Titel *Das Wanderbuch* eingraviert war.

„Können wir dieses Buch auch ausleihen?", fragte Vera. „Ich meine, weil es nur dieses eine Exemplar gibt."

„Sie können es für zwei Wochen mit nach Hause nehmen", entgegnete die Bibliothekarin. „Aber Sie haften natürlich dafür, es unversehrt zurückzubringen."

Sie hinterließen ihre Namen und die Nummern ihrer Pässe bei der jungen Frau und gaben ihr zudem Konrads E-Mail-Adresse. Dann verließen sie mit dem Buch die Bibliothek.

„Du wolltest mir erzählen, welchen Plan du hast", sagte Vera zu Konrad, als sie draußen waren.

„Das will ich gern tun", sagte dieser. „Hör zu! Mein Vater liegt in Hamburg, wo er lange gelebt hat, im Hospiz, denn es geht mit ihm zu Ende. Er hat Krebs im Endstadium und schlimme Schmerzen, obwohl sie ihm eine Menge starker Schmerzmittel verabreichen. Er hat, als ich das letzte Mal bei ihm war, geäußert, er hätte es lieber heute als morgen, dass es endlich vorbei sei. Dann müsse er nicht mehr leiden, und alle anderen könnten endlich Abschied von ihm nehmen."

„Und ihn willst du das Wanderbuch lesen lassen", vermutete Vera.

„So ist es", gab Konrad zur Antwort. „Aber natürlich nur dann, wenn er das Risiko kennt, das das Lesen dieses Buches beinhaltet und wenn er trotzdem zustimmt."

173

„Dann lass uns keine Zeit verlieren und sofort nach Hamburg fliegen!", forderte Vera.

Konrad nickte und winkte nach einem Taxi, das sie zum Flughafen brachte. Wenige Stunden später waren sie in Hamburg.

VIII

Als sie im Hospiz angekommen waren, wo Konrads Vater noch immer tapfer mit seinen schlimmen Schmerzen kämpfte, bat Konrad seine Frau, vor dem Zimmer eine Weile auf ihn zu warten. Er wollte allein zu seinem Vater hineingehen und ihm sein Anliegen erläutern.

Vera tat ihm den Gefallen, und er betrat mit dem Wanderbuch in der Hand das Zimmer. Etwa eine halbe Stunde später kam er ohne das Buch wieder heraus und nickte Vera zu.

„Er wird es lesen", sagte er dann und lächelte. „Er hat gesagt, eine bessere Gelegenheit bekommt er nicht, um zu sterben. Damit habe sein Tod sogar noch einen Sinn, was sich wohl jeder wünsche, wenn er sterben müsse."

Vera nahm Konrads Hand, und sie setzten sich gemeinsam vor die Tür des Zimmers, in dem Konrads Vater lag. Es dauerte einige Stunden, bis eine Schwester kam, um nach ihm zu sehen. Konrad hatte natürlich niemandem außer Vera erzählt, was sein Vater zu tun gedachte und war nun sehr gespannt, was diesem widerfahren war.

Zwei Minuten später kam die Schwester strahlend aus dem Zimmer zurück, mit Konrads Vater im Schlepptau, der einen völlig gesunden Eindruck machte, ohne jedes Problem laufen konnte und freudig lächelte.

174

„Ich werde mich jetzt erst einmal von den Ärzten untersuchen lassen", sagte er zu den beiden Wartenden. „Ich habe nämlich gar keine Schmerzen mehr und glaube, plötzlich gesund geworden zu sein. Dazu hat das Lesen deines Buches geführt, mein Junge. Es ist wie ein Wunder!"

Die Schwester bestätigte, dass es ihrem Patienten ganz plötzlich besser ging und brachte ihn zum Arzt des Hospizes, der in gründlich untersuchte. Dann diagnostizierte er eine komplette Heilung der Leiden von Konrads Vater und konnte ihn noch am selben Abend aus dem Hospiz entlassen, was bei der ganzen Familie des ehemals Todkranken große Freude hervorrief.

Konrad und Vera aber blieben noch einige Tage in Hamburg, brachten dann das Wanderbuch nach Bern zurück und fuhren schließlich nach Hause.

Dort wurde ihnen durch die Medien zugetragen, dass das Wanderhaus in Warschau eingestürzt und sein Besitzer, Professor Josefus, dabei umgekommen sei. In seinem Keller habe man gefangene Frauen gefunden, die den Einsturz überlebt hätten und nach Hause zurückgekehrt seien. Außerdem lasen die beiden Ehepartner in der Klatschpresse, dass eine Reihe von in den letzten Jahren geschlossenen Ehen reicher Männer aus aller Welt beendet wurden und die Ehefrauen dieser Männer zu ihren Ex-Partnern oder doch zumindest in ihr altes Leben zurückkehrten.

Wieder da

I

Er beendete das Gespräch. Man hatte ihn gerade auf seinem Handy angerufen und ihm gesagt, sein Leben sei nun zu Ende. Er habe noch gut vierundzwanzig Stunden.

Gut, dass er vorgesorgt hatte. Schon seit einiger Zeit beobachtete er das wohlhabende, aber kinderlose Ehepaar in seinem Alter, das für seine Zwecke genau das richtige war. Er würde sich bald auf den Weg machen.

Wenige Stunden später kam er am Arbeitsplatz des fremden Mannes an. Es war gerade 15.30 Uhr, und in etwa fünfunddreißig Minuten würde der Mann seine Limousine besteigen. Er musste ihm nur folgen, und dann …!

Wie erwartet betrat der Mann um 16.05 Uhr den Parkplatz und stieg in sein Auto. Dann machte er sich auf den Heimweg, ohne zu bemerken, dass ihm ein dunkles SUV folgte. Auf einer einsamen Landstraße überholte ihn das SUV und drängte ihn ab. Um keinen Unfall zu haben, stoppte der Mann am Straßenrand.

Das SUV hielt vor ihm, und plötzlich stieg der Fahrer aus. Er war kleiner als der Mann, trug eine Strumpfmaske, die sein Gesicht verhüllte, zielte mit einer Pistole auf ihn und zwang ihn, sein Auto zu verlassen. Er stieg aus und blieb mit erhobenen Händen zwischen den Autos stehen.

Der Fahrer des SUV' s schoss sofort auf ihn, als er stehenblieb und traf ihn zweimal in den Kopf. Er war sofort tot. Der Mörder zog ihn in den Straßengraben, der an dieser Stelle fast zwei Meter tief war und prüfte, ob er tot war. Dann zog er ihm seine Kleider vom Leib und ließ ihn nackt dort liegen. Soweit hatte sein Plan funktioniert.

II

Er fuhr mit dem Wagen des Toten weiter und ließ sein SUV am Straßenrand stehen. Wenn man den Toten fand und ermittelt hatte, wer er war, war sein Plan schon aufgegangen.

Als er zu Hause ankam, nahm er die Kleider des Toten vom Rücksitz und ging damit zu seinem Schlafzimmer. Er durchsuchte die Taschen des Anzugs und fand dort dessen Schlüssel, Geldbörse, Personalausweis, Führerschein und Wagenpapiere. Nun war alles für ihn bereit.

Er zog sich aus und zog dann die Kleider des Toten an. Waren sie ihm zunächst noch zu groß, so fühlte er plötzlich, wie sein Körper sich dehnte und streckte und er in die Kleidung des anderen hineinwuchs. Zur gleichen Zeit fühlte er, wie sich sein Gesicht veränderte. Nase, Mund, Augen, Wangen und Kinn reckten und streckten sich ebenfalls.

Befriedigt stellte er nach wenigen Minuten fest, dass die Kleidung des Toten perfekt passte. Dann ging er zum Spiegel, und siehe da, sein Gesicht sah nun genauso aus, wie das des Ermordeten.

Nun musste er nur noch zu seiner neuen Frau fahren, und …!

III

Kurze Zeit später kam er am Haus von Eva Scheer an, der Frau von Markus Scheer, den er gerade getötet hatte. Er parkte den Wagen in der Einfahrt vor der Garage, ging zur Haustür und schloss auf.

„Markus, bist du das?", rief Eva Scheer ihm aus der Küche zu. „Du bist spät, aber ich habe dir das Gulasch warmgehalten. Komm und iss!"

Er ging zum Wohnzimmer, das sich im Parterre befand, warf seine Jacke auf einen Sessel und schaute sich um. Die Küche lag neben der Essecke, die an das Wohnzimmer grenzte und hatte eine Durchreiche. Durch diese konnte er Eva sehen, die in der Küche eifrig mit Töpfen hantierte. Dann brachte sie das Essen in die Essecke, ohne die Durchreiche zu nutzen.

Er machte es sich am Kopfende des Esstischs bequem und aß, während sie sich ihm gegenüber hinsetzte und ihn beim Essen beobachtete.

„Wir hatten ja abgemacht, dass ich nicht mehr mit dem Essen auf dich warten soll, wenn du später kommst. Ich sollte dann einfach schon essen und dir den Rest warmhalten. So war es doch, Schatz?"

„Alles gut!", sagte er und lächelte ihr zu. Sie bemerkte offenbar nicht den geringsten Unterschied zwischen ihm und ihrem Mann.

Obwohl er eigentlich Karsten hieß, machte es ihm überhaupt nichts aus, dass sie ihn Markus nannte. Er gewöhnte sich von Anfang an daran und reagierte auf den Namen, als sei es sein eigener. Ihr fiel nichts auf, was den Verdacht in ihr hätte wecken können, er sei ein anderer als ihr Mann. Das beruhigte ihn.

Sie unterhielten sich noch eine Weile über belanglose Sachen, bis es Zeit für die Tagesschau war, die sie, ohne viel zu fragen, sofort anstellte. Anschließend

178

sagte sie: „Wenn du es möchtest, können wir heute gerne den Krimi im Zweiten sehen. Du magst doch Krimis so gerne."

Er nickte, und sie schauten den Krimi und das Heute-Journal, bis es schließlich nach 22 Uhr war und Zeit für das Bett.

Als sie beide ihre Schlafanzüge angezogen hatten, löschte er das Licht und kroch zu ihr auf die andere Seite des Ehebettes. Dort küsste er sie, nahm sie in den Arm und liebkoste sie. Sie gab seine Zärtlichkeiten zurück, und endlich schliefen sie miteinander. Kurze Zeit später hatte er seinen Höhepunkt, und sein Samen schoss in ihren Körper. Es war vollbracht!

Er hatte sich in ihrem Körper neu gezeugt, und sein alter Körper könnte nun sterben, wie man es ihm am Telefon angekündigt hatte. Er würde als Evas Kind auferstehen. –

Als Eva am nächsten Morgen aufwachte, war er nicht mehr da, und sie dachte, er sei schon zur Arbeit gefahren. Erst, als er am Nachmittag nicht zurück war, schöpfte sie Verdacht und rief unruhig den Pförtner Ihrer Firma an. Er war den ganzen Tag nicht dort gewesen.

Am späten Abend erhielt sie dann die Nachricht, man habe ihn tot an der Landstraße im Straßengraben gefunden, neben einem SUV, dessen Besitzer man nicht kenne. Er sei vermutlich gestern Nacht zu Tode gekommen.

Eva war völlig fertig und bemerkte nicht, dass der Zeitpunkt von Markus' Tod merkwürdig war. Tage später ging sie zu ihrer Frauenärztin, weil ihre Periode ausgeblieben war. Diese stellte eine Schwangerschaft fest, und trotz allen Elends wegen des Todes

179

Ihres Mannes freute sie sich ein wenig. Wenigstens sein Kind blieb ihr. –

Der Junge wuchs heran, war ausgesprochen intelligent und hübsch dazu. Eva leitete nun selbst die Firma, und er bekam ein Kindermädchen und sonst alles, was man sich nur wünschen kann.

Er machte sein Abitur, studierte und hatte eine Freundin nach der anderen, denn er wollte sich nicht auf eine Frau festlegen. Als er etwas älter als dreißig Jahre war, starb seine Mutter, und er erbte. Er machte die Firma und alles andere zu Geld, um sich in Südfrankreich ein schönes Leben zu gönnen. Dort kaufte er sich eine Villa mit Zugang zum Strand und lebte noch einmal mehr als zehn Jahre lang gut, bis ihn erneut ein Anruf erreichte, dass er am nächsten Tag sterben musste.

Aber er hatte wieder vorgesorgt. Ganz in seiner Nähe lebte ein reiches, aber kinderloses Ehepaar in seinem Alter, das er seit längerer Zeit beobachtete …!

Liebesfunken

I

Lissa und Mora waren zwei Schwestern, die sich gerade in dem Alter befanden, in welchem die jungen Leute nach einem geeigneten Partner für ihr Leben Ausschau hielten.

So unterhielten sich die beiden auch oft und gerne über die jungen Männer, die sie kannten, wobei Mora sich durchaus vorstellen konnte, etwa mit dem Sohn des Bäckers, oder auch mit dem Pfarrerssohn etwas anzufangen, während Lissa gar keinen Jungen aus der Nachbarschaft attraktiv fand und darauf aus war, irgendwann einen Märchenprinzen zu treffen.

„Keine von uns wird einmal einen Märchenprinzen bekommen, Lissa", lachte Mora und schüttelte den Kopf. „Finde dich damit ab, mein liebes Schwesterchen, dass auch du einmal einen ganz gewöhnlichen Mann bekommen wirst."

Die beiden jungen Frauen neckten sich noch eine Weile, bis der Abend so weit fortgeschritten war, dass die Zeit zum Schlafen kam und sie zu Bett gingen. Als Lissa in ihrem Bett lag und auf den Mond schaute, der draußen vor ihrem Schlafzimmerfenster zu sehen war, dachte sie noch einmal darüber nach, was Mora gesagt hatte.

„Du wirst schon sehen, Schwesterlein, irgendwann bekomme ich meinen Märchenprinzen, und alle werden sich wundern, was ich für ein Glück habe und mich um meinen Mann beneiden", dachte Lissa, bevor sie endlich müde wurde und einschlief. –

181

Zunächst schlief das junge Mädchen traumlos, bis etwa die halbe Nacht herum war. Dann aber begann sie, einen Traum zu haben, der das zum Thema hatte, was sie und ihre Schwester schon seit längerer Zeit bewegte.

Lissa träumte, sie hätte einen reichen und mächtigen Mann kennengelernt und sei mit ihm ins Gespräch gekommen. Da sie ihm gefiel, sei es schließlich passiert, dass er sie in den Arm nahm und küsste.

Im selben Moment wachte Lissa aus ihrem Traum auf, weil ein Blechteller neben dem Bett auf den Boden fiel und laut schepperte. Sie öffnete die Augen und sah dabei dem Mann ins Gesicht, von dem sie geträumt hatte. Er war wohl gerade dabei gewesen, sie zu küssen, als er versehentlich mit dem Fuß den Teller vom Nachttisch gestoßen hatte. Er lachte.

Plötzlich fiel der jungen Frau auf, dass sie beide in einem fremden Doppelbett lagen, in einem großen Zimmer, das mehrere Fenster gegenüber dem Bett hatte, durch welche der Mond das Zimmer hell erleuchtete.

„Möchtest du meine Frau werden?", fragte der Fremde, dessen Namen sie nicht einmal kannte.

„Nur, wenn du mir sagst, wie du heißt und was du machst", antwortete Lissa.

„Ich bin Borax, der Herr des Hauses Askaron", sagte der Fremde und küsste sie erneut. „Ich muss nicht arbeiten, denn ich bin reich und kann dir ein wunderschönes Leben bieten."

Lissa dachte erneut an ihre Schwester, der sie von ihrem Wunsch erzählt hatte, einen Märchenprinzen zu heiraten. Dieser Mann war wohl so etwas, wie ein Prinz, und sie gefiel ihm so gut, dass er sie heiraten wollte.

„Ich will deine Frau werden, Borax", hauchte sie leise, bevor sie ihren Liebling heftig küsste und sich in seine Arme drängte. „Für immer und ewig."

II

In den nun folgenden Monaten lebte Lissa zusammen mit Borax, den sie nur zwei Wochen nach seinem Antrag geheiratet hatte, im Haus Askaron, hatte alles, was sie brauchte und Bedienstete, die ihr jeden Wunsch von den Augen abblasen.

Auch hatte Borax nichts dagegen, dass sie Kontakt zu ihren Eltern und ihrer Schwester Mora hatte und auch mit ihren Freunden und Freundinnen von früher etwas unternahm. So hatte sie ein erfülltes Leben und war oft mit den Leuten zusammen, die ihr etwas bedeuteten.

Als sie einmal durch das Haus streifte und sich freute, ein so feudales Anwesen zusammen mit ihrem Mann zu besitzen, kam sie auch in die Bibliothek. Sie war allein, und nur so zum Spaß setzte sie sich in einen der Sessel, die dort zum Lesen aufgestellt waren, nahm sich ein Buch aus dem Regal und schlug es auf.

Sie staunte nicht schlecht, als sie feststellte, dass all seine Seiten leer waren und nahm nach und nach noch weitere Bücher aus der Bibliothek in die Hand, auf deren Seiten nicht ein Wort geschrieben stand. Sie stellte die Bücher wieder in die Regale und beschloss, am Abend ihren Mann zu fragen, was es damit auf sich habe. –

Als Lissa am Abend zusammen mit Borax im Bett lag, fragte sie ihn, warum alle Bücher seiner Bibliothek nur aus leeren Seiten bestanden.

„Hast du heute in der Bibliothek herumgeschnüffelt?", fragte er scherzhaft und hob den Zeigefinger. „Das solltest du aber nicht tun."

„Schatz, erkläre mir doch, was es mit diesen Büchern auf sich hat, anstatt auf meine Kosten zu scherzen!", forderte Lissa ernst.

„Also gut, dann muss ich dir wohl mein Geheimnis offenbaren", sagte Borax, der nun selbst ernst wurde. „Hör zu! – Du kennst doch die vier Fragen, die die Menschheit seit Jahrtausenden nicht lösen konnte. Sie lauten:

Wo kommen wir her?

Was sollen wir hier?

Wo gehen wir hin?

Gibt es einen Gott?

Ich bin nun drauf und dran, die Antworten auf diese Fragen zu erfahren. Wer nämlich alle Bücher der Welt kennt und somit Herr über alles Wissen und alle Kreativität der Erde ist, erkennt die Lösung dieser Fragen. In meiner Bibliothek stehen nun alle Bücher dieser Welt bis auf eines. Ich habe die Fähigkeit, nur den Namen des Autors und den Titel seines Buches zu lesen und damit alles, was darin geschrieben steht, in meinem Kopf zu haben. Die Seiten des Buches, das ich auf diese Weise lese, sind dann leer."

„Du sagst, du kennst ein Buch noch nicht, was hat es damit auf sich?", fragte Lissa, die sehr beeindruckt von Borax' Rede war.

„Es fehlt nur noch ein Band mit Gedichten eines jungen Mannes, den er für seine Geliebte geschrieben hat. Aber meine Leute werden schon bald nach ihm und seinem Schatz suchen, und so werde ich demnächst im Besitz der Wahrheit sein."

„Und was geschieht dann, wenn du alle vier Fragen der Menschheit gelöst hast?"

„Wenn jemand die Antwort auf diese Fragen kennt, so sagt es ein altes Zauberbuch, dann kommt die Apokalypse über die Erde, alle Menschen sterben, und nur das Haus des Wissenden und all die Seinen überleben. Er wird dann unsterblich sein, über die Erde herrschen und außerdem die Macht über alle Seelen haben."

Lissa stöhnte leise und dachte bei sich, dass dann alle anderen, auch all ihre Leute und ihre Freunde, sterben würden und dass sie dann außer Borax und den Seinen niemand mehr hätte. Wollte sie das?

Sie schlief in dieser Nacht ausgesprochen schlecht.

III

„Der junge Mann, dessen Namen ich zwar nicht kenne, dessen Foto ihr aber hier auf meinem Handy sehen könnt, ist einer der Söhne des Nobelpreisträgers Professor Morlas aus Griechenland", sagte Borax zu seinen Männern, die ihren Mannschaftsbus verlassen und sich um ihn versammelt hatten und zeigte ihnen das Foto. „Griechenland ist, wie ihr alle wisst, heute wieder eine Autokratie. Professor Morlas gab einst, um seinem Staat zu dienen, seinen Samen, und verschiedene Frauen gebaren seine Kinder, nachdem sie damit künstlich befruchtet wurden.

Wenn nun seine Kinder das zehnte Lebensjahr erreicht haben, werden sie von den Wissenschaftlern dieser Autokratie, die diese perfide Möglichkeit entwickelt haben, gezwungen, einen IQ-Test im Internet zu lösen, der von den Wissenschaftlern anschließend auf der Festplatte abgespeichert wird. Damit aber verliert dann das jeweilige Kind von Professor Morlas seinen IQ an den PC und ist anschließend nur noch normal intelligent.

Falls aber nun die Kinder reicher Männer aus anderen Ländern der Erde, die entsprechend dafür bezahlen, die Dateien mit diesen IQ-Tests im selben PC öffnen, so haben sie plötzlich den IQ der Kinder des Professors, welche diesen Test gemacht haben. Der griechische Staat aber verdient auf diese Weise sein Geld, um alle Waffen zu kaufen, die er benötigt, um das Volk zu unterdrücken.

Der junge Sohn des Professors aber, der den Gedichtband geschrieben hat, der mir noch fehlt, um die Fragen der Menschheit zu lösen, floh mit der Hilfe seines Halbbruders, der nicht Sohn des Professors war, im Alter von neun Jahren aus Griechenland und setzte sich nach Westeuropa ab, bevor er von den Wissenschaftlern des Landes gezwungen werden konnte, besagten IQ-Test abzulegen. Er schrieb dann in späteren Jahren das Buch. Das ihr mir nun beschaffen sollt.

Sucht zunächst sein Zuhause in Frankreich auf, von wo er allerdings inzwischen verschwunden ist, wie mir meine Drohne übermittelt hat, mit der ich sein Haus ausgeforscht habe und nehmt dort seine Spur auf! Kehrt nicht zurück, ohne mir seine Gedichte zu bringen!"

Die Schergen des Herrn von Askaron hatten verstanden und machten sich sofort auf den Weg zur Wohnung des jungen Dichters, um dort die Spur aufzunehmen, die sie zu ihm führen würde. –

Everon sah den dunklen Lieferwagen kommen und lief um sein Leben. Aber gegen die Kraft von mehr als hundert Pferdestärken kam er nicht an, und so holte ihn der Lieferwagen in Windeseile ein. Zwei in lange Mäntel gekleidete Männer sprangen heraus, als der Wagen ihn erreicht hatte, warfen ihn zu Boden, banden seine Hände auf dem Rücken fest und verfrachteten ihn ins Innere des Gefährts. Dann ließen sie den Fahrer wenden und in die entgegengesetzte Richtung davonfahren.

Hatten ihn Borax' Männer also doch noch erwischt. Er hatte von diesem bösen Menschen und seinen Absichten gehört und davon, dass er zum Erreichen seiner Ziele seine Gedichtsammlung brauchte. Er hatte sie zwar nicht bei sich, aber alle Gedichte im Kopf und konnte sie jederzeit aufschreiben. Das war es, was der Schurke von ihm wollte, und deshalb hatte er seine Leute geschickt, um ihn zu fangen. Er wusste nicht, ob er sich gegen diese Verbrecher wehren konnte und durfte gar nicht daran denken, was geschah, wenn er es nicht konnte. Mit diesen trüben Gedanken im Kopf saß Everon in dem düsteren Wagen und fuhr einer ungewissen Zukunft entgegen.

IV

Der Lieferwagen hielt an einem befestigten Haus, und die Männer zwangen Everon, dieses zusammen mit ihnen zu betreten. Es sah von außen kleiner aus, als es war, und sie mussten durch einige Flure, Zimmer und Treppenhäuser laufen, bis sie endlich dort angekommen waren, wohin die Männer mit ihm wollten.

Sie betraten einen Kellerraum, der durch eine flackernde Neonleuchte nur unzureichend beleuchtet war und in dessen Mitte sich ein rechteckiger Felsblock befand. Auf diesem lag einen Mann, der dort in irgendeiner Weise so gefesselt war, dass er nicht von dem Block herunterkonnte. Er sah die Männer und Everon kommen und sagte erleichtert: „Endlich! Ich dachte schon, ihr seid von Borax und seinen Leuten ausgelöscht worden, und wir können unsere Mission begraben. Ist dies der junge Dichter, den ihr herbringen solltet?"

Die Begleiter Everons nickten.

„Nehmt ihm die Fesseln ab!"

Die Männer taten, was der Mann auf dem Felsblock verlangte.

Dann fuhr dieser zu Everon gewandt fort: „Junger Mann! Mein Name ist Aranis. Ich kämpfe dagegen, dass Borax alle Bücher der Menschheit liest und dadurch die Apokalypse auslöst, die uns alle dahinraffen wird und ihm die Macht über die ganze Erde, über alle Seelen und außerdem Unsterblichkeit beschert. Ich besitze dieselbe Gabe wie er und kann den Inhalt eines Buches in meinen Kopf speichern, wenn ich nur den Namen des Autors und den Titel des Buches lese. Ich habe gehört, dass der Bösewicht dein Buch in seine Hände bekommen und deinen richtigen Namen erfahren will. Deshalb wird er nun versuchen, dich selbst zu fangen und dich zu zwingen, alle Gedichte aus dem Kopf aufzuschreiben. Hat er dich erst einmal selbst in der Hand, so kann er dich zwingen, deinen richtigen Namen preiszugeben, sodass er sein Ziel erreicht. Ja, er ist mächtig, der finstere Borax!"

Everon nickte und fragte Aranis: „Und warum sind Sie an diesen Felsblock gefesselt und können ihn nicht verlassen?"

„Borax hat mich mittels eines Zauberspruchs, den er aus einem magischen Buch hat, das er schon vor langer Zeit las, an diesem Felsblock festgehext. Sein Zauber wird nur dann enden, wenn ich vor ihm ein

Buch lese, das ihm zum Erreichen seiner Ziele noch fehlt. Außerdem wird er dann nie mehr erreichen können, was er will."

„Dann will ich mich sofort daran begeben, mein Buch aus dem Kopf aufzuschreiben. Mein richtiger Name lautet *Everon*, nur damit Sie ihn schon kennen!"

Die Männer des Aranis gaben Everon Papier und Stifte und führten ihn in ein Zimmer, in dem er ungestört schreiben konnte. Dort begann der junge Mann sofort mit der Arbeit.

V

Borax und seine Leute, die zu ihm zurückgekehrt waren, hatten inzwischen herausgefunden, dass die Männer des Aranis den jungen Dichter zu ihrem Anführer im Keller des befestigten Hauses gebracht hatten, in welchem Borax seinen Widersacher an dem Felsblock festgehext hatte. Beobachter aus dem Volk hatten gesehen, wie die Leute des Aranis den jungen Mann in einen dunklen Lieferwagen verfrachteten und mit diesem zu ihrem Herrn fuhren.

Wenige Stunden später erreichten auch Borax und seine Schergen, die den Leuten des Aranis zahlenmäßig und an Bewaffnung überlegen waren, das befestigte Haus, in welchem Aranis gefangen war. Sie schlichen zum Keller, in welchem der Felsblock stand, umstellten Aranis und seine Leute und bedrohten sie mit ihren Waffen. Dann suchten und fanden sie den jungen Dichter, der gerade mit seinem Buch fertig geworden war und brachten ihn mit seinem Manuskript in den Keller.

Borax nahm gierig das Manuskript an sich, auf welchem als Titel das Wort *Liebesfunken* geschrieben stand, aber kein Name des Autors eingetragen war.

Der Bösewicht bemerkte das sofort und trat vor den jungen Dichter hin, der gefesselt und unter Aufsicht seiner Leute auf dem Boden saß.

„Wenn du mir nicht freiwillig deinen richtigen Namen mitteilst, werde ich dir die Kehle durchschneiden und dann mit deinem Blut irgendeinen Namen auf das Titelblatt schreiben", sagte er laut. „Dann wird sich der Name auf dem Titelblatt in deinen verwandeln, und ich habe, was ich will. Du kannst es dir aussuchen."

„Ich werde so oder so sterben, ob jetzt, von deiner Hand, oder später, wenn die Apokalypse uns alle hinwegfegt. Also musst du mich schon töten, um meinen richtigen Namen zu erfahren", sagte Everon stolz.

„Du Dummkopf!", entfuhr es Borax. „Dann wirst du jetzt dein Leben verlieren!"

Mit diesen Worten zog er sein Messer, das er immer bei sich trug, aus der Scheide, um Everon die Kehle durchzuschneiden. Im selben Moment aber las Aranis den Titel des Manuskripts, das Borax für einen Moment auf dem Felsblock abgelegt hatte, um den jungen Mann zu töten. Da er außerdem den Namen des jungen Dichters bereits kannte, hatte er im Nu den Inhalt des Buches im Kopf, bevor Borax dieses Kunststück gelingen konnte und dieser sein Ziel erreichte. Instinktiv merkte der Bösewicht, was da geschehen war, und er schrie laut auf. Dann befahl er seinen Männern, alle Männer des Aranis und diesen selbst zu töten. Er selbst aber wandte sich erneut Everon zu, um diesem endlich den Garaus zu machen.

In diesem Augenblick aber donnerte es laut, und die Männer des Borax lagen alle tot am Boden. Borax selbst jedoch hauchte in den letzten Sekunden, die ihm auf dieser Welt verblieben, sein Leben aus, bevor er schließlich zu Staub zerfiel. –

Die Apokalypse kam also nicht über die Welt und die Menschheit überlebte. Everon wurde alt und starb am Ende seiner Zeit als großer Schriftsteller. Er erlebte es noch, dass Griechenland wieder ein demokratischer Staat wurde und die Wissenschaftler des Autokraten für ihre Taten zur Rechenschaft gezogen wurden. Lissa lernte eines Tages Borax' Widersacher Aranis kennen und lebte künftig mit ihm zusammen in Haus Askaron.

Die Kraft der Musik

I

Roman Holz war Psychiater. Zwar hatte er viele Patientinnen, die ihn liebten, aber er hatte in seinem Privatleben die Frau noch nicht gefunden, mit der er hätte zusammenleben und glücklich werden können.

Eines Tages jedoch, genauer gesagt, am Abend eines Donnerstags im Mai, saß er im Stadttheater und hörte dem Sinfonieorchester der Stadt zu, das die neunte Symphonie von Beethoven vortrug.

Während er die Musik des großen Komponisten genoss, fiel ihm eine Frau auf, die mehrere Reihen vor ihm saß und sich mehrmals umdrehte und ihm zunickte. Zumindest empfand Roman Holz es so, als ob diese Frau ihn meinte.

Die Fremde schien eine Schönheit zu sein, mit schlankem Körper, einem aparten Gesicht, dunklen, glatten Haaren bis zur Schulter und grauen Augen, die ihn an seine Mutter erinnerten, die ebenfalls diese Augenfarbe gehabt hatte. Dazu trug die Unbekannte ein rotes Abendkleid, das sie nicht nur vorzüglich kleidete, sondern auch genau die Farbe hatte, die der Psychiater über alles liebte.

Als das Orchester nach der Symphonie eine Pause machte, und die Leute nach draußen drängten, um auszutreten, zu essen und zu trinken oder einfach nur ein wenig herumzulaufen und sich zu unterhalten, folgte Roman Holz der Schönen, um zu ergründen, ob sie Interesse an ihm habe. Draußen sah er sie mit zwei Freundinnen im Licht stehen, und sie schien ihm nun noch schöner als in dem spärlich beleuchteten Saal.

Der Arzt ging auf die drei Frauen zu, die in angeregtem Gespräch miteinander waren. Kaum hatte ihn die Frau mit dem roten Abendkleid bemerkt, ließ sie ihre beiden Freundinnen kurzerhand stehen und eilte ihm entgegen. Als sie ihn erreicht hatte, fiel sie ihm in die Arme, wie einem guten Freund, und umarmte ihn fest. Völlig verdutzt erwiderte er ihre Umarmung, und sie küsste ihn auf beide Wangen.

Im selben Moment durchfuhr ihn der Gedanke, dass er von nun an nie wieder ohne diese Frau leben könnte und außerdem der Drang, alles für diese Frau tun zu müssen, was sie von ihm verlangte.

„Sie müssen der bekannte Psychiater Doktor Holz sein", sagte die Unbekannte, nachdem sie ihre Umarmung gelöst hatte. „Mein Name ist Amelie Mai, und ich sehne mich schon lange danach, Sie kennenzulernen."

Völlig erstaunt fragte der Arzt, warum sie ihn habe kennenlernen wollen, und die beiden sprachen angeregt miteinander, bis die Pause zu Ende war. Nach diesem Gespräch wusste Roman Holz, dass Amelie sich aus der Ferne in ihn verliebte. Sie hatte ihn schon mehrfach in der Stadt beobachtet und herausgefunden, wer er war und wo er wohnte. Aber sie war leider an ihren ungeliebten Ehemann gebunden, der sie niemals loslassen würde.

Roman verabredete mit Amelie, dass sie nach dem Konzert gemeinsam noch etwas trinken würden und suchte dann erneut seinen Platz im Theatersaal auf. Während das Orchester nun Werke von Brahms und Mozart spielte, überlegte er sich, wie er den Mann von Amelie loswerden könne, damit aus ihrer Liebe etwas werden konnte, denn so viel war ihm nun bereits klar: Er würde nie wieder ohne Amelie leben können!

II

Nach der dritten Nacht, die er mit Amelie verbrachte – dies war nur möglich, wenn Bernhard, ihr Mann, auf Geschäftsreise war, was nicht so oft vorkam – fragte Roman seine Angebetete beim Frühstück: „Schatz, sag mir doch einmal, wie wir deinen Mann loswerden könnten, dass wir für immer zusammen wären. Es muss doch einen Weg geben, auch wenn du dich nicht scheiden lassen willst, wie du mir gesagt hast."

„Ich wollte erst später mit dir über dieses schwierige Thema sprechen, Roman", erwiderte Amelie gut gelaunt. „Aber wir können das auch gleich besprechen, ich habe nichts dagegen. Und: Nein! Eine Scheidung kommt für mich deshalb nicht in Frage, weil ich dann auf meinen Anteil an Bernhards Vermögen verzichten müsste, der mir meiner Meinung nach zusteht, weil ich ihn all die Jahre ertragen habe. Diesen würde ich bei einer Scheidung aber nicht bekommen, weil wir einen entsprechenden Ehevertrag haben."

„Aber dann bleibt nur noch die Gewalt, Schatz, denn wie sollten wir Bernhard anders aus deinem Leben streichen können?"

„Du wirst Bernhard töten, und ich werde dafür sorgen, dass ein anderer dafür zur Rechenschaft gezogen wird", entgegnete Amelie lächelnd. „Ich werde dir eine Pistole geben, mit der du ihn erschießt, und dann schieben wir deine Schuld einem anderen in die Schuhe."

„Aber wie willst du das schaffen?", fragte Roman, dem bei dieser Sache gar nicht wohl war.

„Lass das meine Sorge sein, Liebster", antwortete Amelie und küsste ihn zärtlich. „Ich weiß bereits, wie ich das tue. Du musst dir keine Sorgen machen."

Die Worte seiner Freundin beruhigten den Psychiater keineswegs, aber er sprach für den Augenblick nicht weiter über dieses Thema. Vielleicht hatte Amelie tatsächlich eine Möglichkeit, jemand anders für einen Mord an Bernhard büßen zu lassen. Ausschließen konnte er das jedenfalls nicht. –

III

„Erfinde eine psychiatrische Akte über einen jungen Mann namens Milan Droste, schreibe hinein, dass er psychisch am Ende war und den Wunsch hatte, jemanden zu töten und klebe dann auf diese Akte das Foto, das ich dir jetzt gebe!", sagte Amelie. –

Roman hatte sich dem Wunsch seiner Freundin nicht entziehen können, so sehr sein Geist sich auch dagegen wehrte. So lauerte er Bernhard morgens bei seiner Firma auf und erschoss ihn aus der Distanz auf dem Parkplatz, mit der Pistole, die im Amelie ihm zu diesem Zweck gegeben hatte. Nach der Tat nahm er Kontakt zu Amelie auf, berichtete ihr davon und bat sie, nun ihr Versprechen wahr zu machen und der Polizei einen anderen als Täter zu präsentieren.

Amelie musste keinen Moment überlegen, reagierte mit dieser Anweisung und gab ihm im selben Atemzug ein Foto eines etwa 25 Jahre alten Mannes.

Roman nahm das Foto und suchte damit seine psychiatrische Praxis auf. Dort erfand er innerhalb von drei Tagen die bipolare Störung und deren Verlauf bei einem 25 Jahre alten Patienten, den er in der Akte Milan Droste nannte und unterstellte ihm Mordgelüste.

Er fand die Symptome, Gespräche mit dem Patienten, die Experimente mit Medikamenten, bis dieser richtig eingestellt war und diverse Arztberichte über Klinikaufenthalte des jungen Mannes und deren Verläufe. Am Ende war die Akte so dick, wie die Akten all seiner Patienten, und es fehlte nur noch das Patientenfoto auf der ersten Seite.

Nun nahm er zum Abschluss Milan Drostes Foto, das er von Amelie bekommen hatte und klebte es an die entsprechende Stelle. Er stellte die Akte zu den anderen in den Aktenschrank und speicherte die digitale Form, die er natürlich gleichzeitig verfasst hatte, an der Stelle in seinen Dokumenten, an der er auch die anderen digitalen Berichte über Patienten speicherte. Fertig! Nun konnte er Amelie anrufen und Vollzug melden, was er auch sofort tat.

„Jetzt müssen wir nur noch abwarten, was geschieht", sagte Amelie, nachdem er ihr Bericht erstattet hatte. „Es ist besser, wir sehen uns zunächst nicht."

Roman wartete mehrere Tage und wollte schon erneut Kontakt zu seiner Geliebten aufnehmen, als es an seiner Haustür klingelte. Er öffnete, und draußen standen zwei Männer in Anzügen, die ihm ihre Polizeiausweise vor die Nase hielten.

„Oh, Polizei!", entfuhr es dem Psychiater, der doch einigermaßen erstaunt war. „Was kann ich für Sie tun, meine Herren?"

„Guten Tag, Herr Doktor Holz!", gab einer der Beamten zur Antwort. „Wir haben ein ganz besonderes Anliegen."

Roman bat die beiden herein. Nachdem er ihnen Platz und etwas zum Trinken angeboten hatte, fragte er, was für ein besonderes Anliegen sie denn hätten.

„Lieber Herr Doktor Holz, ich möchte Ihnen zunächst von einem Mord berichten, den jemand vor vier Tagen an Bernhard Mai, einem Unternehmer, auf dem Parkplatz seiner Firma verübte. Mai wurde erschossen, und wir wissen auch schon, von wem."

Roman begann zu schwitzen und rang nach Luft. Dann fragte er: „Und wer hat es getan?"

Der Beamte, der gar nicht bemerkt hatte, in welcher Stimmung sein Gegenüber plötzlich war, erwiderte prompt: „Ein junger Mann namens Milan Droste, Herr Doktor. Wir suchen ihn gerade, denn aus den Spuren, die wir am Tatort gefunden haben und der Aussage eines Zeugen, der die Tat beobachtet hat, ergibt sich ein lückenloses Bild, das Drostes Schuld beweist. Von Ihnen möchten wir jetzt wissen, ob es tatsächlich so ist, dass Droste wegen einer bipolaren Störung bei Ihnen in Behandlung ist, und dass er Ihnen erzählt hat, er wolle jemanden ermorden. Unsere Datenbank, in welcher zwei kleinere Drogenvergehen des Täters vermerkt sind, weist nämlich darauf hin, dass er psychiatrisch von Ihnen behandelt wird."

Roman, dem nun deutlich wohler war, dachte an Amelie und ihre offensichtlich magischen Kräfte. Wie nur hatte sie es angestellt, dass sich Spuren am Tatort auf Droste hinwiesen und dass ihn sogar ein Zeuge bei dem Mord an Bernhard beobachtet hatte? Und wie konnte es geschehen, dass die Polizei in ihrem Computersystem vermerkt hatte, dass er Droste behandelte und weshalb, obwohl er selbst diese Behandlung frei erfunden hatte?

Amelie musste eine Zauberin sein, dass sie all dies inszenieren konnte, und sie hatte Wort gehalten. Ein anderer würde nun für den Mord an Bernhard büßen. So bestätigte Roman den Beamten, dass er Milan

Droste psychiatrisch behandelte und bot ihnen an, mit dem Gericht und der Anklage zusammenzuarbeiten, wenn es zum Prozess wegen des Mordes an dem Unternehmer kommen sollte.

Die beiden Polizisten bedankten sich und verließen dann Romans Haus, während dieser in einigermaßen euphorischer Stimmung seine Freundin anrief. –

IV

Während die beiden Polizisten Roman Holz aufsuchten, gab Milan Droste in einer großen Halle der Stadt zusammen mit einem Bassisten und einem Drummer ein Jazzkonzert am Flügel. Gerade improvisierte er an seinem Instrument, und die Zuschauer hörten atemlos zu, da der junge Mann ganz phantastisch spielte, als drei Polizisten in Uniform die Bühne betraten. Sie standen zunächst ganz am Rand der Bühne hinter einem Vorhang, um Milan Droste noch zu Ende spielen zu lassen, und große Teile des Publikums konnten die drei Gesetzeshüter nicht sehen. Der Pianist allerdings sah die Beamten und bemerkte auch, dass sie gekommen waren, um ihn zu verhaften.

Im selben Moment, als ihm dies klar wurde, begann er, ein neues Stück zu intonieren, natürlich wieder eine eigene Schöpfung. Im Publikum saß sein Freund, wie er Musikstudent an der Musikhochschule und ausgestattet mit dem absoluten Gehör. Der registrierte jeden Ton, den Milan auf dem Piano anschlug, während dieser ein wahres Feuerwerk entfachte. Aber er sah auch die Polizisten und wusste im selben Moment, dass sie Milan verhaften wollten, weil er einen Mord begangen hatte. Milan selbst hatte ihn vor dem Konzert beiseite genommen und ihm von seiner Tat berichtet und gestanden, dass er schon ewig in psychiatrischer Behandlung war und in seinen Psychosen auch Mordgelüste hatte, von denen er seinem Arzt berichtete.

Je länger das Stück andauerte, das der junge Künstler spielte, desto mehr verlor der Körper des Spielenden an Substanz. Am Ende verblasste er zu einem bloßen Hologramm, dann bis zu einem Schatten, bis der Leib des Künstlers tatsächlich ganz verschwunden war. Die Zuschauer waren perplex, und die Polizisten trauten ihren Augen ebenfalls nicht. Schließlich machten sie sich auf den Rückweg zum Revier, während die erstaunten Zuschauer bis auf den Freund des Pianisten den Saal verließen. Jim, so hieß dieser, unterhielt sich noch eine Weile mit den beiden anderen Musikern, die – genau wie er – nicht verstanden, was da gerade passiert war. Endlich machten sich alle auf den Heimweg, während Milan fort und nirgendwo zu finden war.

Die Polizei unterließ nach einigen Tagen jegliche weitere Suche nach dem verschwundenen mutmaßlichen Mörder, und niemand konnte sich erklären, was da im Musiksaal mit dem jungen Mann am Piano geschehen war. –

V

Milans Freund Jim saß zu Hause am Flügel. Er dachte an das merkwürdige Verschwinden Milans und an seine letzten Improvisationen am Piano. Plötzlich zogen ihm die Melodien durch den Kopf, die der Freund ganz am Ende seines letzten Auftritts spielte, und er hatte den Drang, diese zu Papier zu bringen.

Also nahm er sich Papier zur Hand und schrieb Milans letzte Schöpfung Note für Note auf, denn er konnte sich noch an jeden Ton erinnern, den der Freund damals gespielt hatte.

Während er also die Melodien des Kommilitonen am Wohnzimmertisch aufschrieb, erfrischte ein Luftzug das Zimmer, in welchem auch das Piano stand, denn das Fenster war weit geöffnet. Als Jim einmal aufblickte, während er seiner Tätigkeit weiter nachging, traute er seinen Augen kaum. Auf dem kleinen Bänkchen, das für den Künstler, der darauf spielen wollte, vor dem Piano stand, bewegte sich ein Schatten, und Jim hätte schwören können, dass es der Schatten eines Menschen war.

Er schrieb eifrig weiter und schaute dabei immer wieder zu dem kleinen Bänkchen vor dem Instrument. Bald schon konnte er schemenhaft einen Mann auf diesem erkennen und danach das Hologramm eines Mannes, der im seltsam bekannt vorkam.

Als er die Noten von Milans Improvisation fast vollständig aufgeschrieben hatte, konnte er schließlich erkennen, wer da auf dem Bänkchen saß. Es war sein Freund Milan selbst in Lebensgröße. Endlich hatte Jim sein Werk vollendet, und im gleichen Moment saß Milan lebendig vor ihm.

„Alter Freund, du hast mich wieder zum Leben erweckt", sprach ihn der Verschwundene an und lächelte. „Du wunderst dich sicher, wie ich auf solche Weise verschwinden und dann wieder auftauchen konnte."

Jim nickte und konnte noch immer nicht fassen, was geschehen war.

„Die Kraft der Musik hat mich auf diese Weise vor der Polizei gerettet, die mich, wie du dich sicher erinnern kannst, gerade verhaften wollte, als ich verschwand. Aber die Musik kann noch mehr, guter Freund! Spiele doch einmal auf deinem Flügel die Melodien, die du da gerade zu Papier gebracht hast. Dann wird ein weiteres Wunder geschehen. Zuvor jedoch will ich dich umarmen für das, was du zu meiner Rettung unternommen hast. Komm her, treuer Freund!"

Mit diesen Worten stand Milan vom Pianobänkchen auf und fiel Jim in die Arme, der erst jetzt so richtig glauben konnte, dass der Freund leibhaftig vor ihm stand. Dann aber löste er sich von Milan, nahm die Noten zur Hand, die er gerade aufgeschrieben hatte und setzte sich damit an sein Instrument.

Als er dort Platz genommen hatte, spielte er die Stücke nach, die sein Freund spontan erfunden hatte. Sie klangen gut, und Milan applaudierte ihm, als er fertig war. Schließlich wandte Jim sich dem Freund wieder zu und fragte, was sein Spiel nun bewirkt habe, denn er merkte zunächst nichts.

„Schau morgen früh in die Zeitung, Jim! Dort wirst du sehen, was dein Spiel bewirkt hat. Ich aber will jetzt nach Hause gehen und mich einmal ausschlafen, denn ich bin hundemüde. Mach's gut, lieber Genosse! Wir sehen uns morgen wieder."

Jim brachte Milan noch zur Tür, und während dieser seine Wohnung aufsuchte, musste er erst einmal einen Schnaps trinken, um zu verdauen, was er gerade erlebt hatte. –

VI

Am nächsten Morgen beim Frühstück las Jim die Tageszeitung der Stadt und war erstaunt. Mit dem Mord an dem Unternehmer Bernhard Mai, den Milan kurz vor dem Konzert, bei dem er verschwunden war, zugegeben hatte, wurde jetzt ein Psychiater namens Roman Holz in Verbindung gebracht.

Laut Recherchen des Redakteurs hatte die Polizei am Tatort Zigarettenkippen mit der DNA von Holz gefunden, zwei Augenzeugen der Schüsse des Psychiaters auf das Opfer ausfindig gemacht und schließlich noch die Pistole mit den Fingerabdrücken des wirklichen Täters in einer Mülltonne nahe dem Tatort entdeckt. Es gab keinen Zweifel mehr. Milan war raus und Holz der Täter. Man hatte diesen auch schon verhaftet.

Kaum hatte Jim die erfreulichen Nachrichten gelesen, da schoss ihn Milans Äußerung von gestern durch den Kopf: Die Musik kann noch mehr!

Jim konnte es kaum glauben, aber wenn es stimmte, was sein Freund sagte, dann war es die Kraft der Musik gewesen, die er und Milan zum Leben erweckt hatten und die Milan letztlich vor dem Gefängnis rettete, weil sie einen Mord, den er nach eigener Aussage begangen hatte, definitiv zum Mord eines anderen machte. –

Während Jim noch eine Weile über das Erlebte nachdachte, befand sich Roman Holz in Untersuchungshaft. Offenbar hatten sie nun stichhaltige Beweise für seine Tat, und Amelies Macht schien am Ende. Er saß auf der Pritsche in seiner Zelle und war völlig fertig. Die Tränen liefen ihm über seine Backen, und er vergrub das Gesicht in den Händen und schloss die Augen.

Im selben Moment sah er im Geiste das Gesicht Amelies, das ihn böse grinsend ansah und sich schließlich in die Fratze einer alten, hässlichen Hexe verwandelte, die ihn schallend auslachte.

Als man Roman gegen Mittag zum Verhör abholen wollte, fand man ihn tot in seiner Zelle. Er hatte sich aufgehängt.

Little Duke

I

„Es hat ihn vor 400 Jahren tatsächlich gegeben!",
sagte Joseph. „Sie nannten ihn damals *Little Duke*, und
er war einer der grausamsten Piraten des Pazifischen
Ozeans. Man sagt ihm nach, er habe Gefangene an Armen und Beinen fesseln lassen, sie an ein Tau gebunden und so mit dem Schiff durchs Wasser gezogen,
bis sie tot waren."

„Und von welchem Geheimnis, das sich um diesen
Piraten rankt, wolltest du mir erzählen?", fragte Tim
neugierig. –

Tim Morgan war ein 32 Jahre alter Mann, der in der
letzten Zeit viel Pech gehabt hatte. So hatte er seine
Arbeitsstelle als Ingenieur bei Brussles verloren, war
seit dieser Zeit psychisch ein wenig angeschlagen und
musste mit sehr wenig Geld auskommen.

Joseph war seit der Schulzeit, die beide gemeinsam
in einem guten Internat an der Küste verbracht hatten, sein Busenfreund. Er hatte vor langer Zeit von
seinem Großvater eine Geschichte über den Piraten
Little Duke gehört und erzählte sie gerade Tim, um
diesen ein wenig von seinen trüben Gedanken abzu-
bringen. –

„Man hat mir erzählt, dass ein Zeitgenosse des Seeräubers eine Biografie über ihn geschrieben hat, die
dem Leser Auskunft darüber geben soll, wo er seinen
Schatz finden kann, einen der größten, bisher nicht
entdeckten Schätze der Welt", sagte Joseph.

„Und wo befindet sich diese Biografie?", fragte Tim, der nun doch ein bisschen neugierig geworden war.

„Das ist es ja gerade!", erwiderte Joseph, und seine Augen blickten geheimnisvoll in das Gesicht des Freundes. „Sie soll nur alle 80 Jahre für jeweils sieben Tage in einem Regal auf dem Speicher des alten Herrenhauses Dwarkling Mansion, das in der Nähe von Bristol gelegen ist, zu finden sein. Gerade heute ist der Pirat, wenn ich richtig gerechnet habe, 400 Jahre tot, so dass sich das Buch wohl in der nächsten Woche dort befinden müsste."

„Du willst mich nur auf den Arm nehmen!", sagte Tim bestimmt. „Lass uns über etwas anderes reden! Solche Geschichten sind doch immer bloße Erfindung!"

„Stimmt!", sagte Joseph. „Ich glaube selber nicht daran, dass an der Geschichte auch nur ein Fünkchen Wahrheit ist! Ich wollte dir nur etwas erzählen, was dich vielleicht auf andere Gedanken bringt!"

Anschließend redeten die beiden von anderen Dingen, und der alte Seeräuber wurde nicht noch einmal erwähnt...

II

„Die Biografie des Piraten soll nur alle 80 Jahre für jeweils sieben Tage in einem Regal auf dem Speicher des alten Herrenhauses Dwarkling Mansion zu finden sein!"

Diese Worte seines Freundes Joseph gingen Tim nicht aus dem Kopf. Nur in dieser Woche hatte er vielleicht die Chance, etwas über den Verbleib eines riesigen Schatzes zu erfahren, der ihn zum reichen Mann machen konnte. Es war Montag, und ihm blieb noch eine ganze Weile Zeit. Er würde sich eine Eisenbahnkarte nach Bristol kaufen und noch heute das erwähnte Herrenhaus aufsuchen. Darüber, was wohl dessen Eigentümer dazu sagen würden, wenn er käme und auf dem Speicher des Hauses nach der Biografie des Seeräubers suchen wollte, machte er sich nicht die geringsten Gedanken. Er würde schon bekommen, was er wollte! –

Als Tim am Nachmittag am Bahnhof von Bristol ankam, suchte er nach einer Buslinie, die nach Dwarkling Mansion fuhr. Eine halbe Stunde später fuhr der Bus ab. Nach etwa zwanzig Minuten Fahrt schallte es aus dem Lautsprecher, der in der Mitte des Busses hing: „Nächster Halt: Dwarkling Mansion!"

Tim stieg aus und stand vor einem Park, in dessen Mitte sich ein stattliches altes Herrenhaus erhob. Er ging über einen Schotterweg durch den Park und hatte das Haus nach fünf Minuten erreicht. Draußen vor dem Haus an einem Pfahl hing ein Schild mit der Aufschrift: „Zu verkaufen!" Die Fenster waren mit Brettern vernagelt, und auch sonst wies alles darauf hin, dass das Haus momentan nicht bewohnt war.

Tim ging auf die Eingangstür zu und drückte mit seiner Hand die Klinke nach unten. Da sprang die Tür auf. Sie war offensichtlich nicht verschlossen gewesen.

Tim trat ins Innere. Es war dunkel, und er versuchte, das elektrische Licht anzuknipsen. Aber die Leitung war tot. In der Nähe konnte er schemenhaft eine kleine Öllampe erkennen, die auf einem Tischchen stand. Zum Glück hatte er ein Feuerzeug dabei. Er entzündete die Lampe, nahm sie in die Hand und stieg damit die mächtige Treppe empor, die ins obere Stockwerk führte. Dort angekommen suchte er nach einer Möglichkeit, auf den Speicher zu gelangen. In einer Nische neben einer weißen Marmorsäule führte eine kleine Wendeltreppe nach oben. Tim kletterte empor. Die kleine Tür des Speichers ließ sich problemlos öffnen. Er trat ein. Da befand er sich in einem großen Raum, dessen Seiten durch die Dachschrägen begrenzt waren. Da die Dachfenster nicht vernagelt waren, wie die übrigen Fenster des Hauses, fiel durch sie das Licht der Sonne, die der fortgeschrittenen Tageszeit entsprechend schon etwas in ihrer Helligkeit nachließ.

Tim löschte das Licht der Öllampe und stellte sie auf dem Boden ab. Dann sah er sich um. Ihm gegenüber an der Wand aber stand – wie er es gehofft hatte – ein Bücherregal, gefüllt mit uralten, staubigen Büchern.

Er stellte sich davor auf und schaute sich die Titel und Autorennamen auf den Rücken der Bücher genau an. Da! –

Er hatte die Biografie des Little Duke gefunden. Ein Mann namens Christopher Digent hatte das Buch verfasst. Ob es ihm nun den Weg zum Schatz des Piraten weisen würde? ...

III

Tim nahm das Buch in beide Hände, setzte sich in einen bequemen alten Sessel, der unter einem der Dachfenster stand und fing an, zu lesen.

Der Autor begann mit der Kindheit des Seeräubers, die alles andere als glücklich verlaufen war. Seine Mutter war gestorben, als er gerade acht Jahre alt gewesen war, und sein Vater hatte getrunken. So war er in einem Kinderheim groß geworden und anschließend schon früh auf die schiefe Bahn geraten. Mit

kleineren Gaunereien und Diebstählen hatte es ange-
fangen, bis er letztlich einen Mord begangen hatte
und auf einem Schiff aus dem Land hatte fliehen müssen. Nach einigen Jahren auf See war er schließlich
zum Piraten geworden. Am Ende war er der Kapitän
eines Piratenschiffs gewesen und hatte mit seinen
Leuten den Pazifischen Ozean unsicher gemacht. -

Als Tim jedoch die ersten Seiten des Buches gelesen
hatte, da waren diese plötzlich verschwunden. Äußerst erstaunt las er weiter, und jede Seite, die er beendete, verschwand im Nu vom Anfang des Buches,
so dass er sich immer wieder dort befand, ohne dass
er zunächst bemerkte, was mit den verschwundenen
Seiten geschah. Da das Buch aber mit der Zeit nicht
dünner wurde, obwohl wieder und wieder die ersten
Seiten verschwanden, blätterte er schließlich zu den
letzten Seiten des Buches hin, um zu ergründen, was
geschah. Das Buch aber hatte nun statt der dreihundertzwei Seiten, die es ursprünglich gehabt hatte,
dreihundertsechzehn Seiten, und es fing erst auf Seite
fünfzehn an, da er bis jetzt vierzehn Seiten gelesen
hatte. Es verlängerte sich also mit jeder gelesenen
Seite, die nach dem Lesen urplötzlich verschwand,
um eben diese am Schluss. So etwas hatte Tim noch
nie erlebt! Was mochte das bedeuten? –

Nachdem sich sein Erstaunen ein wenig gelegt
hatte, las er weiter. Der Autor berichtete sehr ausführ-
lich von den Taten des Seeräubers im Erwachsenenal-
ter. Endlich aber beschrieb er, wie Little Duke ausgesehen hatte. Er war klein und dick gewesen, hatte eine
Hakennase und einen roten Vollbart gehabt, schulter-
lange, rote Haare, böse blitzende, graue Augen und
ein großes Muttermal an der linken Schläfe. –

Während Tim jedoch die Personenbeschreibung des Piraten durchlas, fühlte er, wie er sich parallel dazu selber veränderte. Er fühlte, wie plötzlich seine Haare wuchsen, die er immer kurz trug, wie sein ehedem glatt rasiertes Gesicht einen Vollbart bekam und wie seine große, schlanke Gestalt zusammenschrumpfte und dicker wurde.

Ihn überkam ein furchtbarer Verdacht! Er legte das Buch zur Seite, stand aus dem Sessel auf und suchte nach einem Spiegel. Auf der Kommode neben dem Bücherregal lag ein etwa Din-a-4 großer Spiegel mit einem verschnörkelten, vergoldeten Rahmen. Er nahm den Spiegel in die Hand und sah hinein.

Nein! Das war unmöglich! Er sah genauso aus, wie der Seeräuber in dem Buch beschrieben war! –

Fassungslos sah er weiter in den Spiegel, den er noch immer in der Hand hielt und setzte sich dabei in seinen Sessel. Da aber strahlte der Spiegel plötzlich ein gleißendes Licht aus, ihm wurde schwarz vor Augen, und er verlor kurze Zeit das Bewusstsein. –

Als er erwachte, fühlte er sich eingeengt, und er konnte nur noch seine Augen bewegen. Er sah nach oben, nach rechts und links und schließlich auch nach unten. Dort unter ihm befand sich die Kommode, und auf dieser lag der Spiegel, den er zuvor in der Hand gehalten hatte. Aber noch etwas anderes konnte er nun im Spiegel sehen. Er selber war nämlich zu einem Porträt des Piraten geworden und hing als gerahmtes Bildnis an der Wand! –

Als er jedoch dies gesehen hatte, erstarrten auch seine Augen, und er konnte sich gar nicht mehr bewegen. Dann wurde es dunkel und still um ihn herum.

Im selben Moment erlosch das letzte Tageslicht, das noch durch die Dachfenster zu sehen gewesen war, und es wurde Nacht...

IV

„Onkel Hutch hat gesagt, dass du dir zwei oder drei Sachen vom Speicher mitnehmen darfst", sagte Bill Swans zu seiner Tochter Liza. „Die anderen Sachen will er dann dem Trödler mitgeben und auf diese Art noch ein bisschen Geld verdienen."

Bill Swans war der Bruder von Hutch Swans, dem derzeitigen Eigentümer von Dwarkling Mansion. Er war gerade mit seiner dreizehn Jahre alten Tochter Liza auf den Speicher des Hauses geklettert, genau vier Tage, nachdem Tim dort das Zauberbuch gefunden hatte.

Die Kleine schaute sich im Raum um. Da fiel ihr Blick auf den Spiegel, der nach wie vor auf der Kommode neben dem Bücherregal lag. Sie nahm ihn in die Hand und betrachtete seinen vergoldeten Rahmen.

„Der ist ja toll!", rief die Kleine ihrem Vater zu, der in der Mitte des Raumes stand. „Der ist sicher richtig antik, und er passt super in mein Zimmer!"

„Gut!", sagte der Vater. „Und was willst du noch mitnehmen?"

„Sag, Papa, was ist das für ein Mann dort auf dem Bild über der Kommode? Weißt du etwas über ihn?"

„Das ist wohl der alte Seeräuber Little Duke", entgegnete Lizas Vater. „Er soll vor langer Zeit tatsächlich gelebt haben und ein Vorfahre des ersten Besitzers von Dwarkling Mansion gewesen sein. Man munkelt, dass sein riesiger Schatz, den er sich auf den Meeren der Erde zusammengeraubt hat, noch immer irgendwo versteckt ist und darauf wartet, entdeckt zu werden."

„Das ist ja eine spannende Geschichte!", sagte Liza. „Das Bild von Little Duke will ich auch noch mitnehmen und dazu die schöne Puppe, die dort hinten im Korb liegt."

Mit diesen Worten nahm das Mädchen das Bildnis des Piraten von der Wand und legte es zum Spiegel auf die Kommode. Dann holte sie die Puppe herbei, die wohl ein handgearbeitetes Sammlerstück aus dem letzten Jahrhundert war.

„Nun ist aber Schluss!", sagte der Vater und packte die Sachen in eine Tasche, die sie zu diesem Zweck mitgebracht hatten.

Dann stiegen die beiden wieder ins Erdgeschoss hinab und verließen das Haus. –

Wieder zu Hause angekommen hängte Liza den Spiegel in ihrem Zimmer an die Wand. Das Bildnis des Piraten aber platzierte sie an der Wand direkt gegenüber. Dann ging sie aus dem Zimmer, um zu Abend zu essen. –

Am nächsten Morgen, als Liza gerade im Bad war und sich duschte, fielen die ersten Sonnenstrahlen des Tages durch das Fenster ihres Zimmers auf den Spiegel. Im selben Moment begann dieser erneut, ein gleißendes Licht auszustrahlen, und Tim, der in der Gestalt des alten Piraten auf dem Bild dem Spiegel gegenüber an der Wand hing, erwachte, reckte und streckte sich und stieg aus seinem Rahmen in die Mitte des Raumes hinab.

Er betrachtete sich im Spiegel. Er hatte noch immer das Gesicht und die Figur des alten Seeräubers. Wie nur konnte er wieder er selber werden? –

Während er noch vor dem Spiegel stand und darüber nachsann, kam leise die kleine Liza ins Zimmer, stellte sich direkt hinter ihm auf und wollte sich im Spiegel betrachten. Tim drehte sich um. Bemerkte sie ihn denn nicht? Nein! Ganz sicher nahm sie ihn nicht wahr! –

Als er sich umdrehte, um wieder in den Spiegel zu sehen, sah er jedoch sich selber nicht mehr darin, sondern nur die Gestalt des Mädchens, und auch dieses sah darin wohl nur sich selbst.

Er war unsichtbar! War er nun nur noch ein Geist? Er musste wieder er selbst werden, so schnell, wie möglich! Er würde nach Dwarkling Mansion zurückkehren und weiter in der Biografie des alten Piraten lesen. Vielleicht zeigte diese einen Weg auf, wie er wieder ein Mensch werden konnte...

V

Nach einer langen Fahrt mit Bus und Bahn zum alten Herrenhaus hinaus, kam Tim schließlich am Nachmittag dort an. Wie bei seinem letzten Besuch stieg er zum Speicher empor. Die Biografie des alten Seeräubers lag noch immer dort, wo er sie zuvor hingelegt hatte. Er nahm das Buch zur Hand, setzte sich erneut in den Sessel am Fenster und schlug es auf. Es begann nun auf Seite achtundfünfzig und ging bis zur Seite dreihundertneunundfünfzig.

Tim las weiter. Wieder blieb er immer am Anfang des Buches, und die Seiten, die er gelesen hatte, verschwanden vor seinen Augen. Für jede gelesene und verschwundene Seite aber fügte sich am Ende der Biografie wie von Geisterhand eine Seite an.

Tim las, wie der Pirat als Erwachsener mit seinen Leuten Schiffe gekapert, Schätze geraubt und viele

Menschen zum Teil grausam umgebracht hatte. Schließlich hatte er sich auf einer Insel zur Ruhe gesetzt und von seinen Leuten nur noch mit *Herr Herzog* anreden lasse. Daher stammte wohl auch sein Name *Little Duke*. Am Ende aber hatten ihn Schiffe des Königs von England gefunden, gefangen genommen und nach England gebracht. Dort hatte man ihm den Prozess gemacht und ihn dann hingerichtet. -

An dieser Stelle, auf Seite dreihundertzwei, hatte das Buch ursprünglich sein Ende gehabt. Nun aber wurde weiter von Little Dukes Leben nach seinem Tod berichtet. Er war nach seiner Hinrichtung zum bösen Geist geworden, der in verschiedenen Gegenden des Landes gespukt und für unheilvolle Augenblicke im Leben der dort lebenden Leute gesorgt hatte. So hatte er wohl so manchen Menschen in den Wahnsinn getrieben und zwei Frauen hatten sich seinetwegen sogar das Leben genommen. Dann aber – Tim las diese Stelle sehr sorgfältig – war Tim gekommen und hatte Little Duke von seinem Geisterdasein erlöst, indem er durch das Zauberbuch und den alten, magischen Spiegel selber zum Geist des Piraten geworden und an dessen Stelle getreten war. Der Pirat aber lebte nun irgendwo in Bristol als ein Mann, den nur Tim erkennen konnte. Wenn er ihn dort aber fände und seinen Körper berührte, dann würde er selbst wieder ein Mensch, und der Seeräuber würde erneut zum Geist werden. Aber Vorsicht! Er durfte nicht noch einmal in den magischen Spiegel blicken, denn wenn er zum dritten Mal hineinsah, nahm er unweigerlich Schaden an seiner Seele, denn die schwarze Seele des Piraten würde in diesem Fall Besitz von ihm ergreifen. Dies würde sich so äußern, dass... –

In dem Moment, als Tim zu dieser Stelle gelangt war, fing das Buch aus dem Nichts Feuer, und er musste es fallen lassen, um sich nicht zu verbrennen. Im Nu war es dann ganz verbrannt, und es blieb nur noch ein Häuflein Asche übrig.

„Egal!", dachte Tim. „Ich habe eh alles gelesen, was für mich wichtig war. Ich will sofort nach Bristol zurückkehren und den alten Missetäter suchen!"

Mit diesen Gedanken im Hinterkopf stieg er zum Erdgeschoss hinab und verließ dann eilig das Haus...

VI

Nachdem Tim wieder in Bristol angekommen war, wanderte er mehrere Tage lang in der Stadt herum, ohne jemandem zu begegnen, in dem er den alten Seeräuber erkennen konnte. Mehr zufällig führte ihn sein Weg an den Schaufenstern eines bekannten Juweliers entlang. Als er aber durch die Scheiben ins Innere des Ladens schaute, traute er seinen Augen kaum. Drinnen stand ein Mann mit dem Gesicht und der Statur, die er selber früher, als er noch Tim Morgan gewesen war, gehabt hatte.

„Das muss Little Duke sein!", fuhr es Tim durch den Kopf. „Er sieht jetzt so aus, wie ich früher ausgesehen habe!"

Er schaute dem Juwelier und dem verwandelten Piraten weiter zu, was sie im Laden miteinander taten. Little Duke hatte einen silbernen Aktenkoffer dabei, den er auf den Ladentisch legte und vor den Augen des Geschäftsinhabers öffnete. Darin befanden sich viele große und teure, uralte Schmuckstücke.

„Das sind sicher Beutestücke aus seinem früheren Leben als Pirat!", dachte Tim.

Er sah, wie der Juwelier die Stücke in die Hand nahm und durch eine kleine Lupe betrachtete. Danach nickte er dem Piraten eifrig zu, und beide verhandelten anschließend gestikulierend miteinander.

„Sie sprechen über den Preis!", dachte Tim.

Schließlich gaben die beiden im Innern des Ladens einander die Hand, und der Juwelier verschwand für einen Moment im Hinterzimmer. –

Minuten später war er zurück und legte ein ganzes Bündel von Wertpapieren vor Little Duke auf den Ladentisch. Der Pirat übergab seinem Gegenüber die Schmuckstücke und packte dafür die Wertpapiere in seinen Aktenkoffer. Anschließend gab er dem Juwelier noch einmal die Hand und verließ dann mit seinem Koffer den Laden.

Tim folgte dem alten Seeräuber in einigem Abstand, um zu sehen, was er wohl mit dem Koffer täte. Little Duke ging schnurstracks zum Bahnhof und suchte dort den Raum mit den Schließfächern auf. Dort warf er eine Münze ein und verschloss den Koffer im Fach 1313. Den Schlüssel dazu steckte er in die Tasche seines Trenchcoats.

Im selben Moment aber ging Tim zu ihm hin und fasste mit der rechten Hand von hinten an seine Schulter. Der Pirat drehte sich um und sah ihm mit weit aufgerissenen Augen ins Gesicht. Dann tat er einen lauten Schrei und löste sich vor seinen Augen in Luft auf. –

„Aua! Passen Sie doch auf!", sagte der Mann, dem Tim beim Zurückweichen auf die Füße getreten war.

„Entschuldigung!", stammelte Tim.

Dann aber schoss ihm ein Gedanke durch den Kopf: Wenn der Mann ihn hatte sehen können und seinen Tritt gespürt hatte, musste er wieder ein

Mensch und nicht mehr nur ein Geist sein! Ob er nun wieder er selbst war? –

Er ging zu einem Laden hin, der im Bahnhof Tabakwaren und Zeitungen anbot und stellte sich dort vor eines der Schaufenster.

„Ich sehe noch immer so aus, wie der verfluchte Pirat!", stellte er enttäuscht fest. „Aber wenigstens bin ich kein Geist mehr!"

Wie in Gedanken fasste er in die Taschen seines Jacketts. Da! – In der rechten Tasche, die zuvor gänzlich leer gewesen war, befand sich nun ein Schlüssel. Er zog ihn hervor. Es handelte sich um den Schlüssel zum Bahnhofsschließfach Nummer 1313, in dem der Pirat den Aktenkoffer eingeschlossen hatte. Nun war er zwar nicht wieder Tim Morgan, aber er war wenigstens reich! –

VII

Sofort holte Tim den silbernen Aktenkoffer aus dem Schließfach. Ohne ihn zu öffnen, kaufte er sich dann am Schalter eine Eisenbahnkarte nach London.

Als Tim in London ankam, suchte er seine Wohnung auf. Dort stellte er den Koffer auf den Wohnzimmertisch und holte ein scharfes Messer herbei, um sein Schloss aufzubrechen. Sekunden später gab das Schloss nach, und er konnte den Koffer öffnen. –

Nein! Er durfte doch nicht noch einmal...! –

Im Koffer befand sich an der Stelle der Wertpapiere des Juweliers der magische Spiegel vom Speicher von Dwarkling Mansion, und Tim sah direkt hinein! Er sah in das Gesicht Little Dukes, das nun ja das seine war. Bruchteile von Sekunden später wurde ihm schwarz vor Augen, und er sank ohnmächtig in seinen Sessel zurück. Als er wieder erwachte, war es

216

nicht zu vermeiden, dass er wieder in den Spiegel sah, denn dieser lag im offenen Koffer auf dem Tisch. Da aber traute Tim seinen Augen kaum. Er sah im Spiegel, dass er nun sein altes Gesicht und seine alte Statur wieder hatte!

Sofort lief er zu seinem eigenen Spiegel im Flur seiner Wohnung, um zu sehen, ob er sich tatsächlich zurückverwandelt hatte. Ja! Er war wieder Tim Morgan! Allerdings hatte er die böse blitzenden, grauen Augen des Piraten behalten! Er dachte in diesem Moment an die Prophezeiung in der Biografie des Little Duke. Würde nun die schwarze Seele des Piraten tatsächlich Besitz von ihm ergreifen? Aber das war doch Humbug! Er fühlte sich jetzt, nachdem er zum dritten Mal in den magischen Spiegel gesehen hatte, auch nicht schlechter, als zuvor! –

Er ging zurück zum Zauberspiegel im Wohnzimmer, nahm ihn aus dem Koffer und brachte ihn in seinen Keller. Dort tat er ihn in eine Kiste und verschloss sorgfältig deren Deckel. Dann stieg er wieder zu seiner Wohnung empor. Im gerade noch leeren Aktenkoffer auf dem Wohnzimmertisch aber befanden sich nun wieder die Wertpapiere, mit welchen der Juwelier in Bristol die Schmuckstücke Little Dukes bezahlt hatte! –

Tim jubelte laut auf. Dann sah er sich die Papiere näher an. Es handelte sich um amerikanische Papiere im Wert von sechs Millionen Dollar. Er konnte sein Glück kaum fassen...

VIII
„Welcott!"
„Ja! Hallo, Joseph! Hier ist Tim!"

„Tim, mein Alter! Wo hast du gesteckt? Wir haben uns ja seit Monaten nicht gesehen!"

„Ich war beschäftigt und habe inzwischen mein Glück gemacht. Ich bin jetzt mehrfacher Millionär."

„Ist ja toll! Du musst mir alles genau erzählen! Können wir uns treffen?"

„Deshalb rufe ich an. Ich habe mir eine Luxuswohnung am Meer gekauft und auch noch eine Jacht. Wir könnten morgen gemeinsam herausfahren und fischen. Dann erzähle ich dir, was passiert ist."

„Abgemacht! Ich werde um 10.00 Uhr da sein."

Tim beschrieb seinem Freund am Telefon noch den Standort der Jacht. Dann verabschiedete er sich von ihm und legte den Hörer auf. –

Als sie am nächsten Mittag mit der Jacht auf dem Meer schwammen, sagte Joseph: „So, mein Alter! Nun erzähl mal, womit du in so kurzer Zeit so viel Geld verdient hast!"

„Gleich!", sagte Tim. „Ich muss nur kurz unter Deck. Ich will eine Flasche Gin aus dem Schrank holen, damit wir unser Wiedersehen begießen können."

Mit diesen Worten verließ er Joseph, der an Deck auf seiner Bank sitzen blieb. –

Zwei Minuten später kam Tim zurück. Er hatte allerdings keine Flasche Gin dabei, sondern einen Baseballschläger.

„Was willst du denn damit?", fragte Joseph erstaunt.

„Das!", rief Tim und schlug ihm mit dem Schläger auf den Kopf, so dass er bewusstlos zu Boden stürzte.

„Was soll das?", fragte Joseph, als er Minuten später erwachte.

Tim hatte ihn an Händen und Füßen gefesselt und ihm ein Tau um den Bauch gebunden, das er am Geländer des Bootes festgezurrt hatte.

„Das müsstest du doch wissen!", entgegnete Tim, und seine Lippen verzogen sich zu einem diabolischen Grinsen. „Du warst es doch, der mir von den Methoden des alten Piraten Little Duke erzählt hat! Nun darfst du der Erste sein!"

Dann hob er Joseph über das Geländer, warf ihn ungeachtet seiner lauten Schreie ins Wasser, trat zum Steuer der Jacht und gab Gas...

Veccaris Tod

I

Umjubelt verließ Benito Peronti die Bühne. Er war der Startenor der Mailänder Oper, wurde schon seit Jahren für alle großen Rollen in der Welt engagiert und feierte Erfolge über Erfolge.

Nachdem er sich umgekleidet und abgeschminkt hatte, ging er zu einem versteckten Hintereingang des Opernhauses, damit er nicht von Fans und Reportern aufgehalten würde, denn er wollte schnell nach Hause.

Peronti war achtundvierzig Jahre alt, schlank, mittelgroß, hatte bereits lichtes, graues Haar und ein nettes Gesicht mit Stupsnase. Seine Augen waren braun, und er trug im Alltag eine Brille.

Als er durch die schmale, dunkle Tür ins Freie trat, sah er am Straßenrand seinen Chauffeur mit dem Wagen stehen. Er wartete schon. Bevor Peronti allerdings einsteigen konnte, hielt ihn ein großer, sehr kräftiger Mann auf. Peronti betrachtete sein Gesicht ganz genau, wie er es mit den Gesichtern aller Menschen zu tun pflegte, die er noch nicht kannte. Der Fremde hatte lebhafte grüne Augen und kräftiges dunkles Haar. Seine Hakennase und die buschigen Augenbrauen erinnerten Peronti ein wenig an die Züge eines Adlers.

Der Mann war offensichtlich ein Fan von Peronti, denn er lobte diesen für seinen großartigen Gesang und überreichte ihm einen Strauß Rosen. Dann sagte er: „Maestro, ich habe hier einen alten, wertvollen

Ring. Den möchte ich Ihnen schenken. Er soll Ihnen Glück bringen."

„Danke, mein Lieber!", sagte Peronti, der ein wenig ärgerlich wegen der Belästigung war, sich aber nichts anmerken ließ, nahm den Ring entgegen und stieg in seinen Wagen. „Nun muss ich aber wirklich...!"

Er schlug die Wagentür zu und befahl seinem Chauffeur, loszufahren.

Der Fremde blieb am Straßenrand zurück, und über sein Gesicht zog ein böses Lächeln. ...

II

Zwei Wochen später sollten die Proben zu einem neuen Stück an der Pariser Oper beginnen, die Peronti dafür engagiert hatte. Pünktlich zur ersten Probe reiste dieser aus Mailand an. Als er aber zum ersten Mal dort singen sollte, versagte seine Stimme, und er sang allenfalls so gut, wie ein Sänger eines Provinzmännerchores.

Völlig verzweifelt verließ er Hals über Kopf die Bühne und ließ sich zum Flughafen fahren. Dort setzte er sich in das nächste Flugzeug nach Mailand, um sofort seinen Leibarzt aufzusuchen. –

„Ich kann nichts finden, Benito", sagte der Arzt kopfschüttelnd, nachdem er Peronti untersucht hatte.

Dann aber fiel sein Blick auf Perontis Ring, den dieser von dem Fremden nach der Oper bekommen hatte und seitdem immer am Finger trug.

„Zeig mir einmal deinen Ring!", forderte der Arzt. „Du weißt, ich bin Antiquitätenfan. Es könnte sein, dass...!"

Er betrachtete den Ring eine Weile. Dann nahm er einen dicken Kunstband aus dem Regal und blätterte darin.

„Da haben wir das gute Stück!", sagte er schließlich zu Peronti und zeigte ihm das Foto des Rings im Buch. „Es ist – wie ich mir schon dachte – der Ring des Sokrates, ein unbezahlbares antikes Stück. Er ist angeblich mit einem Fluch belastet. Wenn jemand ihn als Geschenk entgegennimmt, so erhält der Schenkende dafür das größte Talent dessen, dem er den Ring schenkt. Dieser aber verliert dieses Talent völlig."

Peronti wurde schwarz vor Augen, und er musste sich an der Kante des Schreibtisches festhalten, um nicht umzufallen. Dann aber hatte er sich wieder gefasst.

„Das ist doch nur eine der üblichen Legenden, Pravatto", sagte er zu seinem Gegenüber.

Dann kleidete er sich an und verließ die Praxis. ...

III

Peronti war außer sich. Gerade hatte er in der Zeitung gelesen, dass die Mailänder Oper einen neuen Tenor verpflichtet hatte. Er hieß Antonio Veccari und war der Fremde, der ihm den Ring des Sokrates gegeben hatte. Dem Artikel war ein Foto des Tenors beigefügt, und es gab keinen Zweifel. Er war es! –

Zwei Stunden später begann die Vorstellung, bei welcher Veccari auftrat. Er hatte eine wundervolle Stimme. Am Ende applaudierte das Publikum minutenlang im Stehen. Endlich konnte er die Bühne verlassen. Er kleidete sich um und verließ die Oper auf demselben Weg, den Peronti früher immer genommen hatte. Es waren etwa zweihundert Meter bis zu seinem Wagen. Als er aber auf die Straße trat, kam ihm aus einer dunklen Nische Peronti entgegen.

„So, du elender Hurensohn, nun sollst du die Quittung für deine erbärmliche Tat bekommen!", zischte dieser.

Er streichelte sachte, fast zärtlich über die silberne Pistole, die er in der rechten Hand hielt. Dann drückte er ab. Zwei Schüsse in Kopf und Brust, und Veccari lag tot am Boden. –

Eilig verließ Peronti den Tatort und fuhr mit dem Bus nach Hause. Dort stieg er in sein Auto und fuhr damit ans Meer. An einer schwer zugänglichen Stelle schleuderte er die Pistole ins Wasser. Niemand hatte ihn gesehen. Man würde nach dem Mörder suchen, ihn aber niemals finden. Er hatte sich gerächt! –

IV

Er war tot! Peronti wälzte sich auf die andere Seite, ergriff sein Taschentuch, das er am Abend auf den Nachttisch gelegt hatte, und wischte sich den kalten Schweiß von der Stirn. Er war tot, und er, Benito Peronti, hatte ihn gestern umgebracht!

Er konnte nicht mehr liegen. Also richtete er sich auf, setzte sich auf die Bettkante und zog die Hausschuhe an, die vor dem Bett standen. Seine Unterwäsche, in der er sich am Abend schlafen gelegt hatte, war nass, und er stank ein wenig, nicht nur nach Schweiß, sondern auch nach Alkohol, denn er hatte abends nach seiner Tat eine halbe Flasche Whiskey geleert. Fiebrige Träume hatten ihn immer wieder den Mord erleben lassen, der von ihm gestern an Antonio Veccari verübt worden war.

Gott sei Dank hatte ihn niemand gesehen! Aber das Ereignis ließ ihn nicht mehr los. Ständig hatte er das Bild des Erschossenen vor Augen, und er konnte an nichts anderes als an seine Tat denken. Er würde der

223

Polizei seine Schuld gestehen müssen. Sonst käme er nie zur Ruhe!

Er war wie im Fieberrausch und musste etwas tun, um sich abzulenken. So ging er ins Bad, um sich erst einmal frisch zu machen. –

Die warme Dusche hatte gut getan. Er dachte währenddessen nicht einen einzigen Moment an den gestrigen Abend. Nun aber, da er sich im Schlafzimmer ankleidete, sah er wieder Veccari vor sich liegen, in seinem Blut und mit grausigen, toten, offenen Augen. Gleichzeitig verspürte er ein Ziehen in seinen Gliedern, als ob sich sein Körper veränderte und in die Länge zog. Es drängte ihn, zum Telefon zu gehen und die Kriminalpolizei anzurufen, um zu gestehen und endlich Ruhe zu finden.

Mit diesen Gedanken stellte er sich vor den Spiegel im Flur, um sich die Haare zu kämmen. Aber was war das? Ihm war so, als sei er tatsächlich plötzlich größer geworden!

Peronti schüttelte den Kopf und kämmte sich. Hatte er jetzt schon Halluzinationen? –

Um sich abzulenken, fuhr er mit dem Bus in die Stadt und frühstückte dort. Aber er wurde seine Gedanken dabei nicht wirklich los. Noch immer dachte er an Veccari und seine Tat und fühlte sich, als sei er berauscht. Er zahlte, stand auf und ging in Richtung auf die Bushaltestelle davon. Wieder hatte er das beklemmende Gefühl, dass sich sein Körper veränderte. Als er an mehreren Schaufenstern vorbeikam, in denen er sich spiegelte, traute er seinen Augen nicht. Es konnte doch nicht wahr sein! Er war plötzlich größer und kräftiger als zuvor, hatte starkes, dunkles Haar und grüne statt seiner braunen Augen.

Er schüttelte erneut den Kopf. Offensichtlich halluzinierte er tatsächlich! –

Er fuhr mit dem Bus zum Bahnhof und von dort mit der Bahn ans Meer. Aber auch dort konnte er nicht abschalten. So fuhr er nach einer Stunde wieder zurück. Er würde sich doch der Polizei stellen! Dann hätte er endlich seine Ruhe! –

Als er zu Hause ankam, waren seine Gedanken wieder etwas klarer geworden. Er legte Hut und Mantel ab und schaute in den Spiegel. Da aber traf es ihn wie ein Schlag!

Er hatte eine Hakennase bekommen, buschige Augenbrauen, und ganz andere Gesichtszüge und war nun das genaue Ebenbild von – Antonio Veccari!

Just im selben Moment verwirrte sich sein Verstand, der mit dieser Tatsache nicht mehr fertig werden konnte, und er wusste nicht mehr, wer er war, und woher er kam. Einzig die Tatsache, dass er einen Mord begangen hatte, war in seiner Erinnerung haften geblieben. Ihm war nur nicht mehr klar, wen er ermordet hatte, und wann und warum er dies getan hatte. Völlig außer sich verließ er seine Wohnung und irrte durch die Straßen. –

Zwei Wochen später griff die Mailänder Polizei einen offensichtlich völlig verwirrten Mann auf, der genauso aussah, wie der ermordete Tenor Antonio Veccari. Der Verwirrte sprach mit sich selbst und sagte immer wieder, dass er nun den Mord, den er begangen habe, sühnen müsse.